U0675276

新版

假小子戴安

杨红樱 著

目录

第九章

第十章

第十一章

第一章

水中的美人鱼

四个坏小子无论如何不愿意相信，那在水中像鱼一样游动、有着和美人鱼一样曼妙的身体，这个人竟会是戴安——假小子戴安。他们更愿意相信，这条“美人鱼”是美女艾薇或小魔女秦天月。

四个坏小子早就换好了游泳裤，在游泳池边上站成一溜，花里胡哨的跳水动作只敢在岸上做，就是不敢往水里跳，都怕跳进水里遭到“美人鱼”的袭击。

肥猫本来不想看戴安，可那水中的“美人鱼”就像有一种超强的磁力，硬把他的眼球往她身上吸。

“我怀疑这游泳池的水有问题。”肥猫说，“为什么戴安在岸上像个男的，在水里就像女的？”

“这游泳池里的水很可能是一种魔幻水。”米老鼠煞有介事，其实是想使坏。“肥猫，你跳下去试试，说不定你在岸上是肥猫，跳进水里就变成瘦猫。”

“幼稚！不知你们听说过没有，女人是水做的？”

豆芽儿又有一番谬论，他现在全身光溜溜，当然还穿着一块巴掌大的游泳裤，瘦骨嶙峋，胸前的肋巴骨一条一条，清清楚楚地排在那里，看起来特别令人可怜。

肥猫挺着白花花的将军肚：“那我们男人是什么做的？”

“是泥做的。”

米老鼠在一秒钟之内抢答了，豆芽儿极其不满地朝米老鼠翻翻白眼。本来，他以为只有他才知道“女人是水做的，男人是泥做的”。

豆芽儿不再理睬米老鼠，继续他的谬论：“戴安本来是个假小子，为什么她在水里就不像假小子了呢？那是因为水把她还原成了女孩子。兔巴哥，你说我说得对不对？”

兔巴哥是今天真正的主角。今天，是他的生日，那种点生日蜡烛吃生日蛋糕的生日会，实在提不起大家的兴趣，这才把兔巴哥的生日会开到了游泳馆里来。

兔巴哥愣在那里，他压根儿就没听豆芽儿在讲什么。

豆芽儿奇怪了："你两眼一眨不眨地盯着我，却不知道我在说什么？"

"我在数你有几根肋巴骨。"

"有几根？有几根？"

肥猫和米老鼠都凑过去，数豆芽儿的肋巴骨。

"美人鱼"过来了，悄悄的，是潜水过来的。游泳池那边，几个裹着浴巾的女生，都朝这边看—— 一场好戏就要开演了。

穿泳衣的双面女孩

扑通一声，正聚精会神数豆芽儿肋巴骨的肥猫，还没来得及叫，就被“美人鱼”拖下了水。肥猫扑腾起几朵雪白的浪花之后，便四平八稳地浮在水面上，像一个吹足了气的肉皮球。

戴安本来是想把肥猫拉下来，呛他几口水的，无奈肥猫身上的脂肪太厚，浮力太强，怎么摁，都把

他摁不到水里去。

肥猫索性把双手抄在胸前，舒舒服服地漂在水面上，任戴安随便摆布。在陆地上，他肥猫不是戴安的对手，在水里就不一样了，有这一身脂肪，谁怕谁?

在水里，戴安还真把肥猫奈何不得。她才不和他死缠烂打，那岸上还有几个呢。戴安扔下肥猫，游上岸来。

出水的戴安，格外引人注目。水珠儿从她那白玉一样光滑剔透的皮肤上滚下来，宝石蓝与柠檬黄相间的高弹力泳衣，绷勒出她刚刚发育的胸和柔软的腰……

沿着池边，戴安从两个正躺在躺椅上聊天的女人的身边经过，她不明白这两个女人为什么会对她大惊小怪。

“瞧瞧，这小姑娘的身材比例！”

“真的，典型的黄金分割！”

两个女人都从躺椅上坐起来，把戴安从头到脚看个遍。

“你看你看，她的小腿！”

“哦，我从来没见过线条这么美的小腿！”

戴安抬起她的一条小腿：“你们在说我吗？”

戴安不以为然。她从来没有在意过她的小腿，更没发现过她的小腿还有优美的线条，今天是第一次听人说

她的小腿。关于黄金分割的身材比例，更是前所未闻。如果不是在游泳池里穿着泳衣，是没人能看见她身材的比例的，也没人能看见她的小腿，因为平时，她从来不穿裙子。

戴安朝豆芽儿他们走来。几个男生都不知道拿自己的眼睛怎么办，想看戴安又不敢看，把头扭向一边，装着不认识戴安的样子。平日里，他们见惯了假小子一样的戴安，从来不把她当女生，只把她当“哥们儿”。读五年级那会儿，他们几个和六年级的大男生争乒乓桌，大男生仗恃个儿比他们高，力气比他们大，硬让他们丢尽了“男子汉的脸”。后来还是戴安挺身而出，才又让他们把“男子汉的脸”捡回来。

戴安根本不知道他们心里在想什么，只觉得他们今天的样子特别傻，戴安就觉得好玩。她一伸手，便拧住了豆芽儿的耳朵，她就喜欢玩这个——让男生“跳芭蕾”。戴安有一米六八高，班上所有的男生都比她矮，豆芽儿足足比她矮一个头，她只要拧住豆芽儿的耳朵轻轻往上一提，豆芽儿就得踮起脚尖来“跳芭蕾”。

“哎哟！哎哟！”豆芽儿龇牙咧嘴，嘴巴歪到一边，“男女有别！男女有别！”

以前也有这样的遭遇，豆芽儿叫的都是“哎哟！哎哟！戴安手下留情”，今天叫得含含糊糊，戴安听不清

楚："你说什么？"

米老鼠代豆芽儿回答："他说男女有别，你是女生，我们是男生。"

"废话，我知道你们是男生。"

戴安看兔巴哥一直闭着眼睛，就去拧他的耳朵，命令他把眼睛睁开。

"我不睁！"兔巴哥把眼睛闭得更紧了，"你去把衣服穿上我就睁！"

戴安松了手，一低头发现自己的身体，已有了好看的曲线。

新闻主播罗莉娜

这种害羞的感觉，在戴安身上还是第一次发生。她放开兔巴哥，去更衣室换了衣服，仍旧是那件宽松的黑色T恤，仍旧是那条肥大的、有许多袋子和拉链的牛仔裤，胡乱地用毛巾揩揩剪成男式的短发，从更衣室里出来的戴安，又成了假小子戴安。

几个坏小子看戴安的目光还有些躲躲闪闪，飘忽不定，表情也是怪怪的，戴安的表情也有些不自然。幸好这时，班上的新闻主

播罗莉娜来了。

她一来，准有爆炸性的新闻。

“最新消息！”罗莉娜在池子旁一张白色的圆桌旁边坐下来，“你们是不是不想听啊？”

罗莉娜就这臭德行。每次她都要制造效果，故弄玄虚，但似乎都没有今天这么牛气。不过，她再怎么牛，他们都已经毕业了，今后也不再是同班同学，再新的消息对他们也没多大的吸引力。

“这个消息是关于米老师的，你们再不过来，我就走了！”

罗莉娜真的要走。米老鼠赶紧跑过去，低声下气地给她说尽了好话，罗莉娜总算留下来了。

米兰曾经做过他们的老师，是肥猫他们几个从肯德基店里找来的一个女大学生，那时他们已经读六年级，还有一年就小学毕业了，米兰就教了他们一年，把他们教毕业，便离开了学校。她的梦想是想做电视台的主持人，不知道她现在是不是梦想成真?

听说有米兰的消息，那几个披着浴巾的女生都跑过来，团团围住了罗莉娜，催她快讲。

“米兰真的做了主持人，不过不是电视台的主持人，是电台的主持人。你们知道什么是电台的主持人吗？就是只听得见声音，看不见人。”

罗莉娜的话说多了，就有一半都是废话。比如刚才关于“什么是电台主持人”的话，就属废话。

夏雪儿问：“你怎么知道的？”

“昨天晚上，我妈妈带我去教育局，去打听我读中学的消息，坐在出租车上，我亲耳听见的。”

现在除了在车上，人们是很少听广播的。

“你怎么肯定就是米兰？”

“我听出来的。天天听她上课，她的声音我还听不出来？”

“那也不见得。”戴安总喜欢和罗莉娜抬杠，“米兰的嗓音是经过训练的，很多主持人的嗓音跟她都很像。”

“我敢肯定她就是米兰。”罗莉娜说，“我听的那个节目好像是一个谈心节目，好像是谈老师在处理学生的事情上，如果做错了，该不该向学生认错。主持人说她曾经当过一年的老师，曾经也错怪过学生，接着她讲了那次‘死鱼事件’，错怪了肥猫，最后给肥猫道歉的事情。”

“是她，肯定是她！”肥猫一把抓住罗莉娜的胳膊，“快告诉我，她在哪里？”

“该死的肥猫，你放开我！”

肥猫放开罗莉娜，罗莉娜的胳膊上被肥猫捏出几道

红印，肥猫赶紧向那里吹气，豆芽儿、米老鼠急于想知道米兰在哪里，也做出巴结的样子，给罗莉娜的胳膊吹气。

罗莉娜一边享受着几张嘴吹出来的气，吹在胳膊上痒酥酥的，一边说道："在广播里只听得声音，看不见人，我怎么知道米兰在哪里？"

肥猫他们立即停止吹气，对罗莉娜怒目而视，大有上当受骗的感觉。

一条爆炸性新闻

“我还有一个消息，这可是一个官方消息。不过，我知道你们不会对这个消息感兴趣的。”

罗莉娜用的是激将法。她知道她跟前的这几个男生都是身上长反骨，你说东，他偏向西。果然，他们又眼巴巴望着她了。罗莉娜非常满意她制造的这个效果，吭吭地清了清嗓子，这才开始说道：“有一个从国外来的人，要投资把白果林小学改制成股份制学校。”

“这跟我们有什么关系？”戴安又跟罗莉娜抬上杠了，“我们已经从白果林小学毕业了，马上要进中学了。”

“关系大着呢！”罗莉娜接的是戴安的话头，眼睛却不看戴安。“改制后的白果林小学不再是一所小学，要建成一座有十二个年级的学校，我们可以留在这里读七年级。”

戴安对这个消息还是持怀疑态度：“这么大一件事情，我们怎么一点都不知道呢？”

“你们都知道了，还能叫绝密消息吗？”罗莉娜神秘地压低了声音，“这个消息是教育局的局长亲口告诉我妈妈的，不信你们看，过几天学校就会把我们毕业班的家长召回去开会。”

肥猫他们几个以为真的又可以在一起了，所以都喜形于色。自从毕业考试过去后，他们的心情一直很郁闷。已经小学毕业了，米兰不再教他们已成定局，心里已经不是滋味儿，从一年级就是好哥们儿，好了六年，眼看也要散了，真是雪上加霜。今天罗莉娜给他们带来的这个消息，无疑使他们有一种拨开乌云见太阳的感觉。

相比这几个男生，女生们的反应要复杂得多。艾薇

还在毕业考试之前，就考上了全市最重点的重点中学，小魔女家里有的是钱，准备去读全市收费最高的寄宿学校；夏雪儿的作文多次获大奖，有一个年年出文科状元的重点中学准备录取她；戴安也因为是体育特长生，几个重点中学都争着要她。

豆芽儿举起一罐可乐，有些酸酸的：“来，为我们分道扬镳，干杯！”

戴安一把挡开豆芽儿高高举起的可乐：“豆芽儿，你什么意思呀？”

“没什么意思，你们几个呢，马上就要去读重点中学了，我们几个呢，还读白果林学校的七年级，到时候，我们再把米兰找回来教我们。”

戴安马上说：“如果米兰还能回来教我们，我肯定不走。”

夏雪儿、艾薇和小魔女她们也跟戴安一样，只要米兰能回来教她们，都可以放弃重点中学，留在白果林学校读七年级。

到哪里去找米兰呢？

寻找米兰

肥猫迫不及待，马上就要去找米兰。

“你上哪儿找呀？”

“我上肯德基店去找。”肥猫说，“上次，我们就是在肯德基店里……”

“肥猫！”

豆芽儿大叫一声，肥猫这才意识到他说漏了嘴。四个坏小子一直坚守着一个秘密，那就是他们和米兰的相遇。

夏雪儿可不放过肥猫：“肥猫，你刚才的

话还没说完呢！”

肥猫装傻：“我刚才说什么啦？”

米老鼠又站出来帮腔：“肥猫是只长脂肪不长脑子，别理他！”

夏雪儿可不这么看肥猫。她跟肥猫同桌了几年，还不了解肥猫？他是那种面带蠢相，心里比谁都明白的人。就是他那一身脂肪，也是智慧的脂肪。

肥猫的脑筋迅速来了个急转弯，他说要找米兰，只能沿着“电台”这条线索去找。

小魔女说全国有几百家电台，怎么找？

“我觉得米兰应该还在本市。”肥猫分析道，“罗莉娜是在出租车上听见米兰在主持节目，而出租车司机最喜欢听本市的交通台节目，所以，我们搜索的目标，应该锁定交通台。”

大家都觉得肥猫分析得合情合理。

“我们现在就去交通台找米兰。”

戴安说走就走。有她在，不管是男生，还是女生，都得听她的。

兔巴哥跟着走了几步，心里有句话还是憋不住：“我的生日怎么办？”

大家这才想起，今天到游泳馆里来，是想给兔巴哥过一个别致的生日，就是那种不吃生日蛋糕、不唱生日

歌、不落俗套的生日，这个生日是夏雪儿和艾薇精心策划的，还没开始，就这样散了。

“是你的生日重要，还是米兰重要？”

豆芽儿和米老鼠几乎异口同声，兔巴哥无言以答。

一群人跟着戴安，一路小跑。当然戴安不是小跑，她有两条长腿，迈开大步走，他们几个就得小跑。

“戴安！戴安！”肥猫喘着粗气，挂着一脸讨好人的笑，“前面就有一个公车站，我请客。”

肥猫的吝啬尽人皆知，每人一元的车票，加起来也有八元钱，这对肥猫来说，意味着两盒冰激凌或一个汉堡包，但他实在跑不动了，又惹不起戴安，只好出此下策。

乘车乘了三站路，下车就是电台大楼。这是一座很气派的大楼，这个城市所有的电台都在这里面，其中包括交通台。

刚走到门前，就被手握钢枪的武警战士拦住了：“站住！”

“我们进去找人，找一个叫米兰的主持人。”

武警战士一脸正气，都不拿眼睛看他们：“请出示你们的证件！”

豆芽儿做天真状：“你看我们都是小孩儿，哪有证件呀？”

武警战士终于低下眼睛，看了一眼豆芽儿，嘴角歪了一下，想笑，但最终还是忍住没有笑：“你们给主持人打个电话，让主持人下来接你们。”

豆芽儿装模作样地问肥猫：“米兰的电话是多少？”

“我怎么知道？”

没有一个人知道。

豆芽儿嘻皮笑脸，去跟武警战士套近乎：“你是人民的子弟兵，就是我们的亲哥哥。哥哥，你就让你几个弟弟妹妹进去吧！”

人民的子弟兵大义灭亲。手握钢枪的武警战士，威严地挺挺胸，一字一顿说道：“请你们尽快离开这里。”

戴安转身就走，其他人紧跟着。

“戴安！戴安！你怎么一点耐心都没有？”豆芽儿还吹牛，“我再磨一会儿，他准让我们进去。”

戴安说：“你再磨一会儿，他准拿枪毙了你！”

都笑起来。特别是肥猫，笑得一身的肥肉乱颤。戴安说话就这样爽，让你一点退路都没有，这也是肥猫他们既怕戴安、又爱和戴安在一起的原因。

夏雪儿突然问罗莉娜：“你还记得昨晚在出租车上听到米兰的节目，准确的时间吗？”

“不是七点，就是八点……要么是九点……”

“罗莉娜，你也太没准儿了吧？”戴安真的是看不惯

罗莉娜，“到底是几点钟？”

夏雪儿怕戴安和罗莉娜打起口水仗来就没完没了。她说：“我们就从晚上七点钟开始听交通台的节目吧，我知道这类谈心节目到最后，一般会开通听众热线，到时候，我们打电话进去……”

“夏雪儿，我太崇拜你了！”

米老鼠夸张地大叫。只要是地球人，都知道米老鼠崇拜夏雪儿，因为他常常挂在嘴边。其实肥猫是最崇拜夏雪儿的人，但他只在心里崇拜，从来不说出来。

肥猫说，他们家只有电视机，没有收音机。

这年头，有收音机的人家确实不多。戴安说她小姨有一台收音机，每晚她都要听英语广播。

“那就去我家吧！”

他们谁都没去过戴安家，戴安一看表，都快六点了，干脆带着他们，直接回了家。

第二章

一幢老房子

同学六年，戴安从来没有把班上的同学往家里带过，连在学校跟她形影不离的艾薇，也从来没有到她家来过。大家都不知道她家住哪里，不知道她爸爸妈妈是干什么的。

戴安的家在一条十分幽静的小街上。街道虽然不宽，两旁却长着茂盛的法国梧桐，密密层层的梧桐树叶，蓬起一条长长的绿阴道，厚实得一点阳光都透不进来。一走进这条街便凉爽了，光线也暗淡了许多。

戴安的家是一座独幢的小红楼，可以说十分残旧了，但在这个高楼林立的城市里，还保留着这样的街道，这样的小楼，真是一道难得的风景了。

院子不大，高高矮矮地栽着几棵石榴树，几棵栀子花树。栀子花树上的花已经开过了，石榴树上却结着拳头大的石榴。一看见吃的，肥猫就走不动路了。

“戴安，我怎么从来不知道你们家还栽着石榴树？”

戴安说：“你不知道的事情，多着呢。”

肥猫不达目的，誓不罢休。

“戴安，我听说刚从树上摘下来的石榴特别好吃。”

戴安特别爽快地：“那你就去摘一个来吃吧！”

肥猫就等戴安的这句话。他踮起脚尖，从石榴树上摘下一个石榴来，用手掰开，里面的籽还是白的，可肥猫一见到吃的就会失去理智，就会奋不顾身。只见他一口咬下去，戴安一阵大笑。

“啊——”

肥猫大放悲声，一脸苦相，满嘴都是没有成熟的石榴籽。

“吃下去！吃下去！”戴安拧住肥猫的一只耳朵，“你不吃下去，我叫你跳‘芭蕾’。”

“戴大侠手下留情！又苦又涩，我吃不下去。”

“好，你不吃。”

戴安笑着，拧着肥猫的耳朵往上提，肥猫踮起脚尖，哎哟哎哟地叫。

“你吃不吃？”

“我吃！我吃！”

肥猫伸着脖子，硬把满嘴苦涩的石榴籽吞下肚去。

戴安放了肥猫，领着他们进客厅。肥猫在她后面张牙舞爪，戴安一回头，肥猫立即低眉顺眼，十分老实的样子。

进了客厅，才让他们真的长了见识——什么是有岁月的老房子。上了蜡的朱红地板，能照得见人影；四周的窗户，镶着绿蓝黄的花彩玻璃；那只有在外国电影里才见得到的壁炉，炉台上摆放着木质的相框和银质的烛台；天花板很高，不像现在修的房子，根本不敢挂吊灯，人走过去，灯会撞着头。这种老房子还有一个最大的优点，就是不用安空调，空气中也暗暗流动着一股一股的凉。

引人注目的是那台古老的钢琴，一看也是有岁月的。米老鼠管不住自己的手，刚把琴盖打开，戴安走过去啪的一声关上了。

“别动，这是我外婆的钢琴！”

米老鼠捂住刚才差点被琴盖压扁的手指，惊魂未定：“你外婆是钢琴家！”

“我外婆以前是学校的音乐老师。”

“戴安，这照片上的人是谁？”

豆芽儿从壁炉上拿起一副精致的相框。

“放下！”戴安大喝一声，“那是我妈妈！”

豆芽儿赶紧把那副精致的相框放回原来的位置上。照片上是一个纤细的、柔弱的、很有女人味的女人。

豆芽儿小声地嘀咕道：“这才像个女人。”

戴安问道：“豆芽儿，你在说什么？”

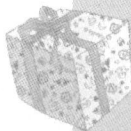

豆芽儿吓了一跳：“我说你长得像你妈妈！”

豆芽儿把大家都逗笑了。是明眼人都看得出来，戴安跟她的妈妈，完全是两个极端。

夏雪儿已经看出戴安心中的不快。

“人家戴安长得像她爸爸，女儿像爸爸有福气。”

男生女生开始互相打趣，谁像妈，谁像爸，谁有福，谁没福。

只有罗莉娜，心里老想着戴安的爸爸。

关于戴安的爸爸，一直是罗莉娜心中最大的疑团——她一直在怀疑，戴安根本就没有爸爸。

戴安爸爸在远方

“戴安，你爸爸呢？”

“我爸爸在很远很远的地方。”

这是戴安的妈妈告诉她的，在她很小的时候，就这么告诉她的。

罗莉娜最会察言观色，她发现戴安的表情，不是那么自然。

罗莉娜走到壁炉前，看了几幅照片：“我怎么没看见你爸爸的照片？”

“我爸爸不喜欢照相。”

罗莉娜死死盯住戴安的眼睛，她从一本书上读到过，如果对方说的是谎言，会躲开你的目光。

“你爸爸长什么样子？”

“我爸爸……”戴安躲开了罗莉娜的目光，“我爸爸有一米八高，是单眼皮……”

戴安一直不喜欢矮个子男人，不喜欢双眼皮男人，所以她说她爸爸是单眼皮。

罗莉娜已经从戴安躲躲闪闪的目光中，看出了一些破绽。她想她再问下去，一定还可以问出更多的破绽来。

“戴安，你爸爸是不是在外国？你为什么不跟着你爸爸去外国？”

“你觉得外国好，你去好啦！”

罗莉娜明知道戴安已经烦她了，但她就喜欢刨根问底：“你多长时间没见到你爸爸了？”

“什么多长时间？”戴安脱口而出，“我每一年春节都能见到我爸爸。”

说出这样的谎话，而且说得如此的顺畅和自然，戴安心里只恨罗莉娜，都是被她逼的。

罗莉娜没有从戴安的话里听出什么破绽来。如果戴安有爸爸，她和她爸爸每年在春节相见一次，也说得过去。

这时，肥猫突然冒出一个问题：“戴安，你说你每年都能见到你爸爸，是你到外国去，还是他到中国来？”

“有时候我到外国去，有时候他到中国来。”戴安的忍耐已到了极限，“你有意见吗？”

罗莉娜从戴安的话里又听出破绽来了：“我们怎么不知道你去过外国？”

“我凭什么要让你们知道？”

肥猫刚才被戴安捉弄了一回，现在他要报仇。

“戴安，除非你拿出什么证据来证明你去过外国，不然的话，我们根本不相信你在外国有个爸爸！”

戴安后悔了，她后悔今天不该带同学到家里来。这么多年了，她就是怕同学问起她爸爸，所以从来不带同学到家里来。今天，要不是因为要找到电台当主持人的米兰，不是因为她小姨有一台收音机，她绝不会带他们到家里来的。

肥猫见戴安的样子好吓人，眼圈都红了，心想接下来免不了一顿皮肉之苦，赶紧往兔巴哥的身后躲：“戴大侠，君子动口不动手！”

戴安谁也不理，冲上楼去，木楼梯在她脚下踩出很响的声音，随后听到砰的一声，她把自己关在了房间里。

漂亮的心理学博士

戴安今天很反常。

“嘿嘿！嘿嘿！”肥猫笑两声，“戴安她今天是不是吃错了药？”

艾薇瞪一眼肥猫：“你才吃错了药！”

“你干吗要惹戴安生气呀？”

夏雪儿和小魔女都抱怨肥猫。

“我没说什么呀！”肥猫觉得自己特别委屈，“我不过就想让她拿出证据来，证明……”

“我可以证明！”艾薇打断肥猫的话，“我可以证明戴安经常去见她爸爸，她爸爸还送了她好多礼物。”

“你看见了她爸爸送她的礼物？”

罗莉娜盯住艾薇的眼睛，她的目光尖锐得好像要把人看穿似的。

“是的，我见过。”虽然艾薇心里发虚，可她不得不硬着头皮迎着罗莉娜那充满怀疑的目光，“戴安的爸爸送她七个小矮人，还送她……”

艾薇的话没人不相信，因为大家都知道，跟戴安走得最近的人，就是她了。其实，艾薇也从来没见过戴安的爸爸，戴安也从来不跟艾薇讲她的爸爸，而且每次提起“爸爸”，戴安会马上转移话题。艾薇是个善解人意的女孩子，她隐隐约约地感觉到，戴安这个表面上大大咧咧、风风火火的假小子，其实她比一般人更敏感，更脆弱，“爸爸”是她心中不愿告人的“痛”。

今天，艾薇是撒谎了。从来都是戴安保护她，她今天也要保护戴安一回。

戴安的小姨回来了。她是个心理学博士，可她跟人们心目中的女博士很不一样，没戴眼镜，没穿套装，发型也不是那种女学者的清汤挂面式的。她很有女人味儿，披着一头发梢微微有些弯曲的长发，穿一身梦幻的纱裙，有柔曼的水草从裙边升起，浑身上下洋溢着优雅浪漫的气息。

这些日子，戴安的妈妈陪她外婆回老家了，就戴安和她小姨住在这幢老房子里。

戴安的小姨对他们非常热情，这是他们少有受到的礼遇。他们这么大的孩子到同学家去，同学的家长一般都比较冷淡，因为家长们觉得应该把所有的时间都用在学习上，这样串门子，是在浪费时间。

“我叫戴小竹。你们可以直呼我的名字，也可以跟着戴安叫我小姨。”

豆芽儿马上套近乎：“我愿意叫你小姨。”

米老鼠总是要跟豆芽儿反着来：“我愿意叫你戴小竹。”

肥猫来得更直接：“叫你小竹，可以吗？”

“可以可以。”戴小竹买了几大袋食品回来，都是熟食，她把它们一样一样摆上桌子，十分随意地问了一声：“你们都饿了吧？”

“早就饿了！”

肥猫大吼一声，伸出他肉鸡爪子一样的手，抓起一个小笼汤包就往嘴里塞。

“吃吧吃吧，别客气。”

戴小竹自己却不吃，她倒了一杯可乐，在可乐里加了许多冰。

“神了！”米老鼠在小魔女的耳边悄声说，“她好像早就知道我们在这里，而且还知道我们的肚子饿了。”

小魔女觉得一点不奇怪：“人家研究心理学的，你心里在想什么，她全都知道。”

戴小竹摇着杯子，泡在可乐里的冰块已变成了晶莹剔透的琥珀色，在杯子里哗啦哗啦地响。她突然发现这客厅里少了一个人。

“戴安呢？戴安怎么不在？”

“戴安在她房间里生气。”

没心没肺的肥猫，好像戴安生气，跟他一点关系都没有。

“生气？戴安会生气？”

戴小竹笑起来，笑得漫不经心。她以为戴安是个绝不肯让自己吃亏的人，而眼前这几个男生，个个都不像戴安的对手，戴安会跟他们一般见识？

“戴安真的生气了。”豆芽儿一副告密者的模样，“他们说戴安的爸爸，说着说着，戴安就生气了。”

戴小竹一下子紧张起来，好像也有点生气。她咚咚地跑上楼去，随即听见她敲门的声音。

收音机里传来米兰的声音

过了一会儿，也就是肥猫他们把桌上的小笼汤包风卷残云般扫荡之后，戴安和戴小竹从楼上下来了。戴安一手插在裤袋里，还吹着口哨，脸上又是那种一贯的无所谓的表情，好像什么事情都不曾发生过。

天渐渐地黑下来。罗莉娜说，昨天差不多也就是这种时候，她在出租车上，听见米兰在主持节目。

戴小竹把收音机调到交通台，正在播广告。

广告一个接一个，七八条广告过后，终于等来了《夜间心语》这个节目：“听众朋友们，你们好！我是《夜间心语》节目主持人兰馨……”

“怎么不是米兰？”

大家都叫起来。

“但听这声音，真的很像米兰老师。”

“主持人都这声音。”

“罗莉娜，你昨天听清楚没有，是不是这个节目？”

“我经常听这个节目。”戴小竹说，“每当主持人和嘉宾谈话进行到一半的时候，都会开通听众热线，到时候你们打进去一问，不就清楚了吗？”

肥猫说：“可是这个主持人已经说了，她叫兰馨，不叫米兰。”

戴小竹说：“电视上、电台上主持人用的名字，往往都不是自已的真名。”

果然像戴小竹说的那样，《夜间心语》节目进行到一半，听众热线开通了。

豆芽儿第一个把热线打进去。

“主持人，你好！”

“你好！”主持人用职业的口吻，“能告诉我，你的姓名吗？”

“我是黄豆豆，你还记得我吗？”

“你是黄豆豆？”

虽然看不见主持人的表情，但从她的声音里已经能感觉到她那份意外的惊喜。

豆芽儿激动起来，语无伦次：“在我的身边，还有米老鼠、夏雪儿、戴安、小魔女……”

“还有我，鲁云飞。”肥猫一把抓过话筒，直奔主题，“请问主持人，你真实的名字是不是叫米兰？”

“我是米兰。”

啊，真的是米兰！

为了不影响米兰主持节目，他们约定第二天下午去见米兰。

又见米兰

米兰一般上午在家睡觉，下午四点钟到办公室做一些案头准备，晚上做节目。

戴安她们几个女生到米兰家去，还得求着他们几个男生，他们都去过米兰的家，还不止一次。第一次本来想去看米老鼠寄放在米兰家的小猫，却意外地遇上了米兰的生日party；第二次是因为米兰生病了，他们带白副校长去看望米兰。

米兰刚起床，身上穿一件宽大的男式真丝衬衫，脸上也没有化妆，长长的头发松松地绾在脑后，光着脚丫

在地板上走来走去。这种挺能亲近人的家常打扮，看起来很舒服。

像久别重逢的老朋友，米兰问他们："我们有多长时间没见了？"

"一日不见，如隔三秋。"豆芽儿又要开了贫嘴，"米老师你算算，我们有多少日子没见了？"

"闲话少说！"戴安把豆芽儿推到一边，"米老师，我们今天来找你，是有一件特别重要的事情要告诉你。"

"是不是白果林小学要改制成股份制学校的事情？"

"啊，你知道啦？"

"白小松告诉我的。"

"噢——"

听起来怪声怪气。

"你们什么意思吗？"

米兰的表情不像刚才那么自然。

白小松是白果林小学的副校长，他是米兰的大学校友，他对米兰还有一种只可意会、不可言传的意思。

"白校长问我有没有可能再回去。"

"你怎么回答的？"

这才是他们今天来找米兰的目的。

米兰慢悠悠地："我对他说，这种可能性几乎没有。"

“怎么会没有呢？”肥猫急了，“我们今天来找你，就是要向你表决心：如果要我们留在白果林学校上七年级，有一个条件，必须你来教我们。”

戴安说：“米老师，我本来已经被一所重点中学录取了，但如果你愿意再教我们，我宁愿放弃去重点中学。”

夏雪儿说：“我也是。”

兔巴哥在一旁小声说：“我也是。”

兔巴哥的飞毛腿早已闻名校内外，还在读六年级的时候，就被一所重点中学瞄上了，录取通知书就在今天上午，刚送到兔巴哥的手上。兔巴哥不爱张扬，所以除了他的爸爸妈妈，还没人知道这件事情。他刚才那么一说，也没引起谁的注意，都以为他在自言自语。平时，兔巴哥就爱自言自语。

豆芽儿蹭到米兰的身边，做撒娇状：“米老师，我们都这样求你了，难道你一点也不心动吗？”

“我是有点心动。可是，我跟电台是签了合同的。”

签了合同就等于有了法律效应，这可不是儿戏。

看大家绝望的样子，米兰反而笑了，说了一些模棱两可的话来安慰他们：“不过事在人为，再等等看吧，反正离开学还有一段日子。”

第三章

一条波希米亚的裙子

戴安的小姨戴小竹是个购物狂。平时在大学里研究心理学，土头灰脸的，过着苦行僧般的生活。一到暑假，她便光鲜照人，疯狂抢购，隔三岔五地买一大堆衣服回来，在穿衣镜前一件一件地试穿，满意的，自己留下；不满意的，千方百计地要送给戴安，这样，心里面便平衡了，毕竟没有浪费。

戴小竹正在试穿一条提花布料的裙子，是今年最新潮的斜裁式样，不规则的裙摆自然地垂落下来，熨帖又自然地凸现出身体的曲线。

“戴安，你看这条裙子怎么样？”

“可以。”

“你看都没看，就说‘可以’？”

戴安真的没看，她对裙子不感兴趣。她一直在用手指头，逗弄窗台上的一盆含羞草。

戴小竹左照右照，在镜子里对自己点点头，她对这条裙子十分满意，便用衣架挂起来。

接着，戴小竹试穿另一条裙子。今年刮起一股复古风，流行波希米亚风格的裙子。她穿在身上的是一条麻纱布料的连衣裙，胸前和袖口打着许多褶皱，裙摆十分宽大，戴小竹转个圈儿，巨大的花朵便在她腰间盛开了。

“戴安，你看这条怎么样？”

“可以。”

戴小竹并不在乎戴安的意见，她知道戴安根本没看她，能有什么意见。

左照右照，戴小竹在镜子里对自己摇摇头，她对这条裙子不太满意。这条裙子虽然漂亮，虽然时髦，但不适合她。戴小竹是个有品位的女人，她清楚自己已经不年轻了，一个三十几岁的女人穿这么一条活泼的裙子，横看竖看心里都别扭。戴小竹就这么个毛病，看见漂亮的衣服脑袋就会发热，只有买回家了，穿在了身上才会慢慢地冷静下来。

戴小竹脱下裙子：“戴安，你来试试这条裙子！”

“我不试！我不喜欢穿裙子。”

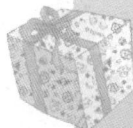

戴安正在看窗台上那盆含羞草，蜷缩的草叶，正一点一点地伸展。轻轻地向它吹一口气，条形的草叶便蜷

缩起来。

“戴安，你不能老穿牛仔裤，女孩子嘛，穿裙子好看。快，过来！”

戴安不动。

“戴安，你听见没有！”

戴安终于离开了那盆含羞草。

“小姨，你要送我这条裙子，可以。但我有一个条件，你必须要搭配着再送我一样东西，我才接受。”

“什么东西？”

戴小竹心里祈祷：千万别是我心爱的MP3。她从网上下载的许多音乐在里面。

戴安想要的就是MP3。

“换一样别的，行不行？”

“不行。”戴安没商量，“如果你答应，我就要了这条裙子。如果你不答应，这条裙子还是你留着自己穿吧！”

戴小竹今天不把这条裙子送出去，她会一直难受的。

戴小竹忍痛割爱：“好吧，过来穿裙子！”

戴安脱下裤子，换上裙子。

“天哪！”戴小竹惊叫一声，“戴安，你简直都不知道你有多美！”

角色错位

戴安无动于衷。她面无表情，像一个任人摆布的木偶。

戴小竹一巴掌拍在戴安的背上：“别老窝着胸！”

戴安挺直了背，微微隆起的、圆圆的乳房在打着褶皱的衣服里若隐若现。

“戴安，你已经是大姑娘了，该戴胸罩了。”

戴安明白戴小竹话里的意思。几个月前，她来了月经，来了月经的女孩子就不是小姑娘了。去年暑假，她的胸部还像男孩一样平坦，今年暑假，胸前便隆起两个像小圆面包一样的东西。这样的身体变化，给戴安带来了很大的心理变化。她不安、恐惧、焦躁。在这之前，她是喜欢和男孩子在一起的，因为她个子高，还习惯把手随意地搭在哪个男生的肩上。自从那一天开始，她跟男生在一起，在心理上便有了异样的感觉。当戴小竹知道她来了月经，激动得紧紧握住她的双手："戴安，记住这一天：你的心情，你的感觉。记住它的美好。"

可是，戴安记忆中的这一天，她的心情糟糕极了，她的感觉矛盾极了。这一天在戴安的记忆里，一点都不美好。

最要命的是痛经。每个月一次，戴安的肚子痛如刀绞，从小到大，戴安几乎没有受过疾病的痛苦，最多也就是发过几次烧，打过几次青霉素。这每月必须经历的痛，都在警示戴安是个女孩子。

虽然女婴一出生，就注定要扮演的是女性角色，但戴安却因为是非婚生的孩子，一生下来就没有父亲，这样的命运使她的女性角色产生了变异。

戴安的母亲戴小荷是个特别柔弱的女人，戴安的父亲是她的大学同学。在他出国的那一天，他正式向戴小荷提出分手，因为他出国是为了继承一笔遗产，他不可能再回国来。而戴小荷又不可能跟他出国，因为她有一个年迈的妈妈和一个年幼的妹妹需要她照顾。其实就在

那一天，戴小荷已经知道她怀孕了，她怀着戴安，本来她是要告诉他的。

肝肠寸断的戴小荷把到了嘴边的话咽了下去，她不告诉他怀了他的孩子，但她一定要把这个孩子生下来，因为这个孩子是他的，她是那么爱他。

几个月后，戴小荷生下一个女婴，就是戴安。因为戴小荷是非婚生的孩子，除非她把戴安送人，否则她保不住自己的公职。戴小荷有个很好的工作，她是一家服装研究所的服装设计师。戴小荷要戴安，不要公职，所以她被服装研究所开除了。

戴小荷在大学里学的是服装设计，有一门做旗袍的好手艺 。她一边抚养戴安，一边给人做旗袍。戴安一天天长大了，戴小荷给人做旗袍的名气也越来越大，挣的钱足以让戴安过上优越的生活，还供妹妹戴小竹读了大学，读了研究生。

除了戴安的小姨戴小竹，没人知道戴安的爸爸是谁，连戴安的外婆也不知道。

戴安就在这座独门独户的老房子里长大，就在三个女人的宠爱中长大。这个家里没有男人，外公在戴安出生前就去世了，妹妹戴小竹是个单身女人，姐姐戴小荷是个有孩子的单身母亲。

戴安从来没有见过爸爸，小时候，她问得最多的问

题就是她的爸爸。

一遇到戴安的问题，戴小荷就会难过得说不出话来，所以戴安的问题，一般是由小姨戴小竹来回答。

“你爸爸在很远很远的地方。”戴小竹转动着地球仪，“我们在地球的这一半，你爸爸在地球的那一半。”

“我爸爸长什么样？”

“你爸爸呀，他的个子很高，穿一件黑色的长风衣。他的眼睛不大，是单眼皮。他的鼻子很挺，他还有一个优雅的下巴。”

“小姨，什么叫‘优雅的下巴’？”

戴小竹也不知道什么叫“优雅的下巴”，这只是一种感觉。她看男人，首先看这个男人的下巴，她觉得男人的下巴最能体现男人的性格。其实，戴小竹也没见过戴安的爸爸，她对戴安描述的那番话，全是她想象中的，是她心目中理想男人的形象。

这个家里，太需要一个男人来保护她们了。戴安要来做这个家里的男人。她开始是把自己想象成男孩子，渐渐地，她真把自己当男孩子了。她从来不扎辫子，不穿花衣，不穿裙子，不玩洋娃娃，不当着人流眼泪。当然，她也会流眼泪，在想爸爸的时候，她把自己关在卫生间里，对着镜子流。

护花使者

戴安自己把自己变成了假小子。她跟男生打架，总是她赢多输少，班上的男生在她面前只能甘拜下风，尊称她一声“戴大侠”。作为一个私生女，戴安很好地保护了自己，几乎没有受到过别人的欺负。

戴安不屑跟女孩子玩，却跟班上最漂亮的女生艾薇成了最好的朋友。只因为戴安侠胆义肝，她看不惯那几个坏小

子经常捉弄艾薇，便仗义地做了艾薇的“护花使者”。有她在艾薇的身边，那几个坏小子只能望而却步，就是“美女与野兽”之类的流言，也只能背地里说说而已。

自从那天去过戴安的家后，那座窗户上镶着彩花玻璃，木楼梯、木地板的老房子，让艾薇着迷了。她没想到戴安是在这样的房子中长大的。那天在回家的路上，夏雪儿说了一句话：“在这样的房子里长大的女孩子，应该是个淑女。”

这几天，艾薇一直在想夏雪儿说的这句话。她很想再去一次老房子，但她怕戴安，她知道戴安不喜欢别人去她家。

犹豫了半天，艾薇终于拿起了电话，拨通了戴安家的号码。

“戴安，我是艾薇。我想去你们家。”

“不行。”

戴安的声音很凶。

“我有重要的事情要跟你商量。”

这是艾薇临时想出的借口。

“那我去你们家。”

“不行不行，这件事不能让我爸爸妈妈知道。”

“你就来吧！”

戴安总是侠肝义胆，为朋友两肋插刀，她一心想帮艾薇，艾薇想来就让她来吧。

艾薇来了，打扮得漂漂亮亮地来了。身上穿一件吊带衫，下面配一条打着宽褶的超短裙，脚上一双透明细带的坡跟凉鞋。艾薇的头发很长，上学的时候，她从来都是把头发高高地束起来，扎成马尾。今天不知是洗了头，还是故意披着，长发瀑布般一直流到腰间。

艾薇一进门，便东张西望，她对客厅里的那个壁炉特别感兴趣。

“这房子什么时候修的呀？一定是外国人修的吧？只有外国人才会在房子里修壁炉。”

戴安提醒艾薇：“你不是有重要的事情要和我商量吗？”

艾薇是有一件事情要和戴安商量。她在路上就想好了。

“我爸爸妈妈不同意我留在我们原来的学校读书。”

“如果米兰老师能回来，他们也不同意吗？”

“那所重点中学挺难进的，他们坚决不放弃。”

“这是你的事情，不是他们的事情。”戴安经常用这样的口吻教训艾薇，“脑袋长在你自己的肩膀上，那你的意思呢？”

在戴安面前，艾薇不敢不顺着戴安。

“我的意思是，如果米兰老师能再回来教我们，我会留下来的。”

“你爸爸妈妈呢？”

艾薇一甩她的长发：“在我们家里，我是领导。”

“OK！”

做旗袍的女人

戴安的穿着本来就随便，在家里就更随便了。一条短裤，一件背心。戴安从来不穿裙子，但她穿短裤也挺好看，两条腿又直又长，小腿的曲线优美。艾薇平时也见过戴安穿背心，她打篮球时总是穿背心，但今天看戴安穿背心，老觉得有点异样。

艾薇左看右看，终于发现除了背心的肩带，里面还有一条肩带。

“戴安，你戴那个了？”

“什么？”戴安反应很快，明白艾薇说的是胸罩。“哦，是我小姨硬要我戴的。”

戴小竹是软硬兼施，一天到晚在戴安的耳边念叨胸罩的好处：什么保护乳房啦，什么矫正乳房的形状啦……听得戴安头皮发麻。戴安说，她讨厌乳房。小姨却说，乳房是女人身体最美的部位。

在戴安的词典里，“女人”微不足道。她是怕极了戴小竹再在她耳边念叨“乳房”，才强迫自己戴上胸罩的。像她们这种年纪的女生，已经开始戴胸罩了。艾薇特别喜欢观察人家的后背，看有没有戴胸罩的印迹，她是这么想的：戴了胸罩就开始成为女人了。

“戴安，我真替你高兴！”

“有什么好高兴的？”

“你戴上胸罩，女孩子的味道一下子就出来了，一点都不像假小子。”

艾薇的话，并没有让戴安高兴起来，反而使她莫名地悲哀起来。可艾薇不会看人的脸色，还在那里自话自说。

“戴安，我好羡慕你！”

戴安明白艾薇羡慕她什么。她没好气地：“你喜欢，你也可以戴嘛！”

艾薇埋头看自己还没有发育起来的胸部："可我还没有……"

一想到艾薇的乳房还没长出来，却戴着胸罩的样子，戴安笑倒在沙发上。

艾薇被戴安笑得不好意思，就走到壁炉前，看炉台上的照片。

“戴安，你妈妈真漂亮，她是干什么的？”

“你想知道吗？”戴安很神秘的样子，“跟我来！”

艾薇跟戴安上了楼，打开一个房间的门，房间中央有一个比乒乓桌小一点的工作台，旁边有一台缝纫机。四面墙上，挂满了五颜六色的旗袍，丝绒的、缎面的、真丝的、乔其纱的，琳琅满目。

“你妈妈是做旗袍的？”艾薇说，“怪不得你妈妈非同一般。”

“非同一般？太夸张了吧！”

“真的真的。”艾薇挺认真的，“我现在明白你妈妈身上的女人味为什么那么浓，原来她是做旗袍的。”

戴安不以为然。

艾薇用手轻轻地抚摸那些旗袍，丝绒的、缎面的、真丝的、乔其纱的，摸在手上滑滑的，凉凉的，感觉真好。

“这些旗袍真漂亮啊！”艾薇张大了嘴巴，惊羡不已，“我一直觉得穿旗袍的女人很美，我长大了也要穿旗袍。”

“我不穿！”

穿旗袍要穿高跟鞋，要走一字步，步子还不能跨大了，这对戴安来说，无疑是受罪。

爱情教育

艾薇在戴安家里，每个房间都看了，她发现每个房间的墙上都挂着相框，桌子上柜子上也摆着不少的相架，看来看去，除了戴安的外公，就没一个男的。也就是说，她没有看到戴安爸爸的照片。

戴安长得不像她妈妈，那么，她一定像她爸爸。

艾薇盯着戴安，在想象戴安爸

爸的样子。戴安的脸型轮廓分明，鼻梁挺拔，眼窝很深，睫毛很长，她的下巴最有特点，中间有一道浅浅的小沟，亚洲人很少有这样的下巴。如果戴安真像她爸爸的话，她爸爸一定是个俊朗的帅男人。

“戴安，讲讲你的爸爸吧！”

艾薇小心翼翼的，脸上还带着讨好戴安的笑。

“哦，艾薇，那天谢谢你啊！”

戴安说的是那天一大帮人到戴安家里来，也是说起戴安的爸爸，罗莉娜让戴安把她爸爸送她的礼物拿出来给大家看，艾薇看出来，戴安拿不出来，便站出来说她见过戴安爸爸送她的礼物，替戴安解了围。当时戴安不在，后来是夏雪儿告诉她的。

“谁叫我们是好朋友呢？”艾薇想起戴安曾说，每年春节她爸爸都会回国来看她，“戴安，明年春节，你爸爸会回来看你吗？”

戴安正不知该怎么回答，戴安的小姨戴小竹回来了。戴安十分紧张地去看她手上提着装衣服的纸袋没有，还好，今天戴小竹两手空空。艾薇很喜欢戴小竹，第一次见她，就喜欢她。她在艾薇的眼里，就是一个完美的女人，要才有才，要貌有貌，有格调，有品位，听戴安说，她还出版了好几本心理学专著呢。

这么一个优秀的、十全十美的女人，三十几岁了，

怎么还没有结婚呢？

看戴小竹上了楼，艾薇悄悄问戴安："你小姨怎么还不结婚呢？"

"你想知道吗？自己去问她吧！"戴安扯起嗓门儿就喊，"戴小竹，艾薇有问题要问你。"

戴小竹下来了。她换了一条真丝的吊带裙，一条小丝巾把她海藻般弯曲的长发，松松地系在颈后。

"艾薇，你想问什么？"

戴小竹挨着艾薇坐下来，她的身上散发出若有若无的香味。

"我……"

艾薇尴尬极了，戴安却在那里坏笑。

"艾薇想问你，你为什么现在还不结婚？"

过了结婚的年龄还没有结婚的女人，最忌讳人家问她为什么还不结婚。艾薇以为戴小竹会生气，没想戴小竹不仅不生气，还准备好好地回答她这个问题。

"你们知道吗？在这个世界上，总有一个男人和一个女人会结婚的，上帝早就安排好了，所以，我不着急。"

艾薇问："你知道这个人是谁吗？"

"我不知道。"戴小竹说，"但这个人是存在的，只是他在茫茫的人海里，我还没找到。"

“你会一直等这个人吗？”

“我会的。”这时候戴小竹的脸，完全是一尊圣女的头像，“因为这个人才是真正适合我的人，属于我的人，他值得我去期待。”

“那些离婚的人，或者不能在一起的人，因为他们两人不是上帝安排好的吗？”

“对！上帝本来给他们安排好了，可他们都没有耐心，安排好的人还没有出现，他们已经匆匆忙忙地嫁了，或者娶了，所以现在离婚的人这么多。所以呀，你俩……”

“别说我们！”戴安赶紧警告戴小竹，“我和艾薇还小。”

“我知道你们还小，但从小就要对你们进行爱情教育。”

戴安和艾薇，什么“教育”都听说过，就从来没听说过什么“爱情教育”，挺新鲜的。

戴小竹继续她的“爱情教育”：“像你们这样的年纪，难免对某一个男生有一点朦朦胧胧的好感，这是一种非常美好、非常纯净的情感，不带一点杂质，不带一点功利，但别以为这是爱情。十有八九，这个人根本不是上帝为你安排的那个人。”

“可是，你怎么知道这个人是谁呢？”

“你的心知道。”戴小竹越说越玄，“当然，不是一开始就知道，岁月会慢慢地告诉你，这个人是谁。比如说我吧，当我经历了许多事情，我的心越来越清楚，越来越明白，我在等待的是一个什么样的人。”

“是一个什么样的人？”

“这是一个有责任心、有幽默感的男人。”

这样的男人很平常嘛!

戴安和艾薇以为戴小竹等了那么久的人，一定是一个好得了不得的人。她那么漂亮，又那么有学问，不知道什么样的男人才配得上她。

戴小竹似乎看透了她们的心思。

“你们别小瞧这样的男人。男人的责任心，可以让女人一生幸福。男人的幽默感，可以让女人每一天都快乐。”

“戴小竹！”戴安对她小姨一贯直呼其名，“上帝给你安排的这个人是不是已经出现了？”

“他一定会出现的。”三十几岁的戴小竹，身上还留着少女的天真，“我能感觉到他正一步一步走近我，幸福已经离我不远啦！”

第四章

夏雪儿

罗莉娜通过电话，又把一条消息传播了出去：白果林学校前几天发出紧急通知：所有在家的、或在外旅游的老师，都必须回学校开会。

戴安是从肥猫那里知道这个消息的，是肥猫给她打的电话，约她也去学校，还说班上好多男生女生都去。戴安问她哪些人要去？肥猫

懒得跟她多说，让她自己去问。

戴安给艾薇打电话，没人接。

戴安给夏雪儿打电话，是她妈妈接的。一听电话里的声音像个男生，夏妈妈就警惕起来，她让夏雪儿来接电话，自己进了房间，却把房门虚了一条缝，躲在门后偷听。

夏雪儿：“是今天……我要去的……我们一块儿去吧。我们家附近有一家咖啡馆，你知道吗？好，我们不见不散！”

又是不见不散！

夏雪儿妈妈冲了出去：“夏雪儿，你在跟谁打电话？”

“我们班的一个女生。”

“女生？刚才是我接的电话，明明是个男生嘛，你还不敢承认。”

夏雪儿知道，无论怎么跟她妈妈解释，她妈妈也不会相信戴安是女的。而且她还敢肯定，她一会儿出去，她妈妈一定会跟踪她。这是她妈妈的老毛病了，就怕她早恋，不择手段地偷看她的日记，偷听她的电话，偷偷地跟踪她。她还在读五年级的时候，她和肥猫同桌，有一天，他们拿错了作业本，就是肥猫把夏雪儿的数学作业本带回了家，夏雪儿把肥猫的数学作业本带回了家，需要交换回来。他们在电话里约好时间地点，夏雪儿被偷偷跟踪了，结果夏雪儿略施小计，让跟踪她的爸爸妈妈闹了个大笑话。

夏雪儿知道今天她妈妈还会跟踪她，所以她故意要穿漂亮点。她脱下T恤衫，换上一条超短牛仔裙。

夏雪儿从房间里出来，她妈妈也从房间里出来了，她也换好了衣服。

夏雪儿明知故问："妈妈，你也要出去？我们一块儿走吧！"

"不，不！你先

走。我还要拿点东西。”

夏妈妈等夏雪儿出了门，在阳台上看见她出了大院的门，这才下楼去。

那家咖啡馆就在大门外不到一百米的地方。夏雪儿妈妈一出院门，便看见咖啡馆前有一个“男孩子”骑在自行车上，一条长长的腿跨在地上。

“嗬！”夏妈妈在心里说道，“还很潇洒！”

只见夏雪儿已来到那“男孩”的身边，那“男孩”随随便便地就把手放在夏雪儿的肩膀上。

这还了得!

夏妈妈的肺都要气炸了。

接下来让夏妈妈看见的，简直气得她的肺快炸开了——夏雪儿的一只手，居然搂着那“男孩”的腰。

“夏雪儿！”

夏妈妈一个箭步冲上去，把夏雪儿从戴安的身边拉开。

“妈妈，你干什么？”

夏妈妈脸红筋涨，大口大口地喘着粗气，那样子好吓人。

夏妈妈直逼戴安：“刚才是不是你给夏雪儿打的电话？”

“是我打的。”

戴安莫名其妙，她不知道发生了什么事。夏雪儿却在一旁偷偷地笑。

夏妈妈还在审问戴安：“你是哪个学校的？”

夏雪儿拉开她妈妈：“她是我同学，女同学。你仔细看嘛……”

夏妈妈这才仔细地看起戴安来：挺清秀的脸庞，长长的睫毛，湿润的嘴唇，还有胸前那两个在宽松的T恤衫遮盖下若隐若现的圆……

挺漂亮的一个女孩子，怎么那身打扮？行为举止也不像个女孩子。

夏妈妈正要去跟戴安说说，夏雪儿催着戴安快走。

李小俊

“你妈怎么啦？”

“有点神经。”夏雪儿说，“我妈一天到晚疑神疑鬼，老觉得我要早恋。”

戴安一脸的不屑：“这些大人不知道怎么想的，老把事情想歪。我最讨厌听‘早恋’这个词。”

“我妈妈跟踪我，已经不是第一次啦。”

夏雪儿给戴安讲了她和肥猫交换作业本，被她妈妈跟踪的事。

戴安一阵大笑。

“夏雪儿，你老实说，肥猫对你是不是有点……”

“有点什么？我们俩老吵架，同桌几年，就吵了几年。”

“你知道肥猫为什么要跟你吵吗？那是因为他心里有鬼。”

“有什么鬼？”

“他崇拜你。”

夏雪儿反唇相讥：“你知道吗？我们班也有一个人特崇拜你。”

“你没搞错吧，居然有人会崇拜我，这个人还没生出来吧？”

夏雪儿说出了一个人的名字：“李小俊。”

戴安豪气冲天：“我不过是用拳头，把他又变回成男生。说起他，这些日子他好像在人间蒸发了。”

“听说是去了海南岛。”

“不会去那么长时间吧？”戴安从牛仔裤兜里摸出手机来，“他家就在附近，给他打个电话。”

电话通了，是李小俊接的。他说他也正准备到学校去。

戴安对李小俊说话，从来都是命令的口气：“你快来，我和夏雪儿在天桥下面等你。”

没等一会儿，李小俊来了，他是跑来的。也就是二十几天没见，李小俊好像长高了许多，样子也变了许多。到底变在哪儿，她们也说不上来。

“是不是黑了？瘦了？”李小俊被两个女生看得有点不好意思，“我每天去海里游泳。”

李小俊不仅仅是黑了，瘦了，主要是他身上的气质，跟她们原来刚看见的李小俊，简直判若两人。

李小俊是读六年级时从外校来的转校生。他男生女相，是原来学校出了名的“假女子”。他转到白果林学校时，米兰老师也刚接戴安她们班。米兰老师出了个奇招，她把“假女子”李小俊安排和“假小子”戴安做同桌。戴安看李小俊，从头到脚都不顺眼，她不许李小俊跟女生玩，不许李小俊流眼泪，不许李小俊说话眼睫毛忽闪忽闪，不许李小俊用香水擦子，不许李小俊伸出来的手跷着兰花指……只要他犯一次毛病，戴安便打他一次。李小俊饱受折磨，怕极了戴安。为了免受皮肉之苦，李小俊身上的“女性倾向”，很快地消失了。

所以，可以这么说，是戴安把李小俊变回成男生。

李小俊告诉戴安和夏雪儿，他本来打算在海南岛过完暑假才回来，前两天他接到罗莉娜的电话，所以就提

前赶回来了。

“李小俊！”戴安对李小俊说话还是凶巴巴的，“你会不会留在白果林学校读七年级？”

“如果米兰老师能再回来教我们，我没问题。”

夏雪儿紧接着问：“如果米兰老师不能回来呢？”

“这就很难说了。”

其实，她们心里也是这么想的。

巨大的摊饼卷儿

从大街拐进巷口，戴安便停住了脚步："夏雪儿，你看，那是谁？"

小巷边有一个卖摊饼的铺子，肥猫在那里。

"别出声，我们悄悄过去。"

他们悄没声息地来到肥猫的身边，肥猫全神贯注，两只眼睛和一门心思都在锅里的那张摊饼上，哪

里会注意到他们?

肥猫指挥着摊饼的师傅:“多打一个蛋进去。”

摊饼师傅说:“多打一个蛋,就要多收一个蛋钱哦!”

肥猫不愿加钱,就让摊饼师傅多加其他不要钱的东西:“番茄酱?放!放!放……”

“不敢再放了。”

摊饼师傅已经倒了小半瓶番茄酱在摊饼上。

肥猫又盯住了绿油油的香菜:“香菜?多来点!多来点!”

摊饼师傅撒了厚厚一层香菜末在摊饼上。

肥猫指着装大头菜颗粒的碗:“大头菜,倒!倒!倒!”

摊饼师傅一边倒,一边心疼地说:“不能再倒了,倒多了咸死人!”

夏雪儿快笑岔了气,幸好戴安捂住她的嘴才没笑出声来。

肥猫还是没发现他们。他的两个眼珠子都快掉进摊饼里了。

还要加最后一道料了,摊饼师傅拿起装香辣酱的罐子。

“倒!倒!倒!”

这不是肥猫叫的，是戴安叫的。

本来，香辣酱是用刷子，蘸上一点，刷在摊饼上的，摊饼师傅被叫得昏了头，提起罐子便倒。

肥猫大叫："停！停！停！"

香辣酱还是倒多了，夏雪儿已笑得蹲在了地上。

肥猫回头瞪了戴安一眼。如果今天换了别的人，肥猫跟他没完。可这个人偏偏是戴安，肥猫一贯信奉"识时务者为俊杰"，只好打落门牙往肚里吞。

摊饼师傅把摊饼卷起来，双手递给肥猫，脸上带着巴结人的笑。他知道香辣酱倒得太多，他怕肥猫惹是生非。

戴安习惯性地把一只手搭在肥猫的肩上："肥猫，你这个摊饼比别人的摊饼大多了。"

那当然，里面加的料，除了鸡蛋，每一样也都多加了一倍，有的还不止多加一倍，比如香辣酱。

肥猫一手握着巨大的摊饼卷，极其认真地吃起来。他吃东西的态度从来都是热情饱满，吃得一丝不苟。尽管他身旁还有三个人在眼睁睁地看着他，肥猫仍然吃得旁若无人。

肥猫被辣得流出了眼泪。

夏雪儿说："肥猫，咱们同学六年，我还是第一次看见你哭。其实，你哭的样子比笑的样子好看。"

李小俊说：“肥猫，别吃了！”

“肥猫，吃！”戴安在肥猫的肩膀上重重地拍了一下，“肥猫，你今天不把这个摊饼卷儿吃完，我们都瞧不起你。是不是，夏雪儿？”

肥猫才不在乎戴安和李小俊，他无所谓他们瞧得起还是瞧不起。他在乎的是夏雪儿。现在肥猫心里有气，奇怪的是他不气戴安，却气夏雪儿。

性别角色

肥猫吃完那个巨大的摊饼卷儿，已泪流满面。夏雪儿掏出一张纸巾来，想让肥猫揩揩眼泪，肥猫却给她一个悲壮的背影。

毕竟当着戴安和李小俊的面，肥猫给夏雪儿这样的难堪，简直让夏雪儿面子上下不来。

戴安说："肥猫，人家夏雪儿给你纸巾，你什么态度？"

肥猫终于找到了复仇的机会，他心中的火山终于爆发了——

“去死吧！”

肥猫居然对夏雪儿吼一声就跑。

夏雪儿被吓得蒙了。过了好一会儿，夏雪儿才伤心地说：“我没想到，肥猫会这么恨我。”

戴安也有点蒙了。她不懂肥猫为什么要对夏雪儿这么凶。

“夏雪儿，你等着，我要让肥猫马上给你赔礼道歉！”

“算啦。”夏雪儿的眼泪还是忍不住流了下来，“从今以后，我不会再理他。”

夏雪儿赌气回家了。夏雪儿是个有幽默感的女孩子，但今天她是真的生气了。

“肥猫今天的表现太反常。”戴安问李小俊，“你说肥猫怎么啦？”

李小俊答非所问：“戴安，我觉得你也要改改。”

“我改什么呀？”戴安的眉毛立起来，“是肥猫把夏雪儿气哭的，是他的错，又不是我的错。”

“我……我不是那个意思。”

“你是什么意思？”

戴安直逼李小俊。她的鼻子几乎触到了李小俊的鼻

子。李小俊赶紧把头扭到一边，他不敢看戴安。

“我的意思是，你经常把手放在男生的肩膀上，你还经常去拧男生的耳朵……”

“别说啦！”

戴安怒目圆瞪，李小俊的这番话让她震惊。刚才，她一直把手随随便便地搭在肥猫的肩膀上，肥猫和夏雪儿早已习以为常，见惯不惊，李小俊却看不惯，怪不得

他一直不吭声，像在生闷气。

“戴安，你先别生气，你听我说。”

戴安双手往胸前一抄，凶巴巴地：“你说，我洗耳恭听。”

李小俊毕竟还是怕戴安，他说得语无伦次。

“戴安，我承认我以前很怕你，我是在你的拳头下才变回男生的。真的，所以我把你当成我最好的朋友。但是……我希望你也能成为一个真正的女生，不要被别人看做是假小子……所以，有时候我很生自己的气，恨我的个子没有你高，力气没有你大，我不能像你改变我一样，来改变你……”

李小俊一口气说完这些话，真是鼓足了勇气。说完，他便离开了戴安，他不敢想象，戴安听了这番话，会对他怎么样。

如果李小俊不对戴安说这番话，还引不起戴安对他的注意。她一只脚跨在自行车上，另一只脚跨在地上，歪着脑袋，看着渐渐远去的李小俊。不过才一年的工夫，现在的李小俊和原来的李小俊可以说是判若两人。也许是他长得太漂亮了，小时候总是被打扮成女孩子，行为举止也慢慢有了女性化倾向。戴安承认，戴安见到李小俊的第一眼就不喜欢他，甚至从心里厌恶他。她不知道当时米兰老师把李小俊安排与他同桌，就是利用了她这样的厌恶心理，迫使李小俊不得不转换自己的性别角色。

今天的李小俊，完全称得上是一个漂亮的男孩子。虽然他的个子目前还没有戴安高，但海南岛的太阳已经把他原来那奶白奶白的皮肤，晒得黑亮黑亮，使他浑身上下透着一股男子汉的气息。

挂在戴安嘴边那一丝不屑的笑，在慢慢消失：以前她看不像男孩子的李小俊不顺眼，现在李小俊看不像女孩子的她，会不会也不顺眼？

从来都无比自信的戴安，第一次在心里对自己产生了怀疑。

第五章

那一片银杏树林

白果林学校坐落在这个城市中心地带的一片银杏树林里。这里的每一棵银杏树，几乎都有上百年的树龄，属于在文物保护的范围之内。所以，这片银杏树林得以保存下来，成为这个美丽城市最美丽的一道风景。

这片绿地是这个城市的灵魂，是这个城市的骄傲。在高楼林立的大都市里，市中心都是寸土寸金，寸土寸金的地盘居然生长着几百棵银杏树，所以，这个城市完全有理由骄傲。

银杏树结的果子叫白果，所以银杏树又叫白果树，人们更喜欢把银杏树林叫做白果林。

现在正是盛夏，是银杏树叶长得最茂盛的时候。每一片叶子都像一把绿色的小扇儿，无论多么炎热的天气，只要人在银杏树下，都有一阵阵清凉的风，扇在你的身上。

白果林学校正在施工，听“老鱼头”说，学校要扩建，那么，白果林学校要改制，要设小学部、初中部、高中部的消息，并不是空穴来风。

校门正对着的两棵银杏树，是这片银杏林里最大

的、也是最有气魄的两棵树，一棵树结果，一棵树不结果，照老人们的说法，这两棵树是一公一母，是夫妻树。于是，这两棵夫妻树便成了百年好合、天长地久的象征。许多热恋中的有情人都会到这两棵树前来许个愿，愿他的她和她的他，像这两棵树一样，天长地久，永不分离。

夫妻树下有几把造型典雅的铁花靠椅，现在坐着白果林学校前六三班的几个学生。因为守门的“老鱼头”不让他们进学校，他们只好在这里等待时机。

戴安来到这里的时候，她看见除了那四个坏小子——肥猫、兔巴哥、豆芽儿和米老鼠，还有一个就是李小俊。

肥猫只见戴安，不见夏雪儿，还好意思问：“夏雪儿呢？”

戴安说：“夏雪儿说，她这一辈子都不会理你了。”

“哦噢！”豆芽儿怪叫一声，“肥猫，你这一辈子活着还有什么意思呢？”

“她也太夸张了。”肥猫不以为然，“她说的一辈子，最多一个星期。”

肥猫和夏雪儿是同桌冤家，两个人的战争打了好几年，每一次夏雪儿说“我这一辈子都不会理你了”，可每一次都不到一个星期，夏雪儿又理他了。

戴安把自行车架在一边，豆芽儿马上站起来，想把他的座位让给戴安坐。

“戴大侠，这边请！”

都知道豆芽儿在讨好戴安，没想到戴安翻脸翻得这么快：“我告诉你们，不准叫我戴大侠！”

戴安说这话的时候，用余光扫了一眼李小俊。李小俊赶紧把头扭到一边。几个坏小子根本没想到戴安是冲着李小俊来的，还以为他们什么地方得罪了戴安。

“不叫戴大侠，叫什么？”

米老鼠小声说：“叫戴安娜。”

“米老鼠，你说什么？”

肥猫毫不犹豫地出卖了米老鼠：“他说叫戴安娜。”

这是在以前班上，广为流传的一个笑话，说戴安生下来的时候不叫戴安，叫戴安娜，后来越长越不像个女孩，哪里还敢跟世界第一美女、英国王妃戴安娜同名，只好把“娜”字去掉，“戴安”是个不男不女的名字，正好跟她不男不女的形象相配。

这个谣言的制造者就是米老鼠。戴安经常提起他的耳朵，让他踮起脚来跳芭蕾舞。

现在，所有的人都以为戴安会去拧米老鼠的耳朵，戴安却只说了声：“无聊！”

又见唐老鸭博士

陆陆续续地有老师到学校来，看来，今天学校要召集全体老师开会的消息，也是千真万确。到底是母校，他们见到每一位老师都觉得亲切，都会想起他们的许多“好”来。而那些老师，不管是教过他们的，还是没有教过他们的，都认识这几个坏小子，他们是“坏”出的名气，现在他们都毕业了，在老师们的眼里便可爱起来，都会走过来，跟他们聊几句。

学校图书室管理图书的唐老鸭博士过来

了。他姓唐，声音像迪斯尼动画片里的唐老鸭，加上学识渊博，天上地下没有他不知道的事情，所以学生们都叫他“唐老鸭博士”。

还在读五三班的时候，唐老鸭博士到他们班代过一节课，让他领教了这几个坏小子的“坏”。他们几个用“脑筋急转弯”的题，把唐老鸭博士考翻了。

唐老鸭博士是个慈善宽厚的老头儿，见到他们，就像久别重逢的老朋友。

“啊，啊，我还记得你——”唐老鸭博士指着肥猫，“鲁云飞，是不是？”

肥猫的大名叫“鲁云飞”，这名字跟他的形象相悖，轻飘飘的。

“我还记得你上次考我的一个问题，你问我有一个字每一个人都会念错，这是个什么字？”

“我呢？我呢？”米老鼠把肥猫挤到一边去，指着自己的鼻头问唐老鸭博士，“我叫什么？”

“你叫米奇，我记得那天你第一个考我，问我早晨醒来，每个人要做的第一件事是什么。”

“我呢？我呢？”豆芽儿把米老鼠挤到一边去，指着自己的鼻头问唐老鸭博士，“你还记得我吗？”

“怎么不记得，你叫黄豆豆。那天，你也将了我一军，你问我的问题是一天里，时钟的长针和短针有多少

次完全重合？”

唐老鸭博士不愧为唐老鸭博士，这些都是他们读五年级的事情了，还记得清清楚楚，记忆力超强！

唐老鸭博士看看戴安，他还记得她是个假小子，现在好像有点长变了，也许他已意识到这是女孩子开始发育了，所以他说女大十八变，越变越好看。

兔巴哥不爱说话，唐老鸭博士紧握他的双手：“恭喜你啊，战小欧！”

战小欧是兔巴哥的大名。唐老鸭博士也是刚刚知道，兔巴哥已经被重点名校树人中学录取了。

“树人中学可是一所历史悠久的名校啊！本人就是那所中学毕业的。所以说，我俩也算是校友了。嘎！嘎！嘎！”

唐老鸭博士笑起来的声音也像鸭子叫。

豆芽儿嘴快，人家兔巴哥还没来得及张嘴，他就抢着说了：“兔巴哥已经放弃了！”

“放弃了？为什么要放弃？”

“他还读我们白果林学校。”

“不是已经毕业了吗？想留级呀？”

看来，天上的事情，地下的事情，没有唐老鸭博士不知道的事情。但就这件事情——白果林学校改制的事情，唐老鸭博士还真不知道。

又见“总而言之”先生

唐老鸭博士这才回过神来，原来校长把老师们召回学校开会，要说的就是这个事情。

唐老鸭博士迈着鸭子步，向学校走去。

唐老鸭博士刚走，教历史的古老师摇着纸扇，迈着方步来了。

“看，‘总而言之’先生！”

古老师上历史课，总是天南海

北，东拉十八扯。但是，无论扯得多么远，快到下课的时候，古老师一句“总而言之”，扯得再远的话题都拉得回来，都能回到课本的正题上。

因为古老师的口头禅是“总而言之”，所以，学生们背地里都叫他“总而言之”先生。

再热的天气，“总而言之”的衣服纽扣，都是从肚脐一路扣到衣领那里；再热的天气，“总而言之”也不穿凉鞋，他的脚上永远穿着一双圆口黑布鞋。所以人家都说，一看“总而言之”长相和打扮，就知道他是教历史的。

可以说，在所有的课中，肥猫他们最喜欢上“总而言之”先生的历史课。倒不是因为喜欢历史这门课，而是因为“总而言之”先生东拉十八扯的上课风格，让他们学到了许多书本上学不到的知识。

“总而言之”先生也看见了他们。他摇着纸扇迈着方步，向他们走来。

“古老师好！”

“好！好！好！”“总而言之”先生哗地把纸扇一收，来了一番真情告别。“你们已经毕业了，今天还能在这里见到你们，说明你们对母校还是有感情的。以前我有些话不便告诉你们，现在可以告诉你们了。总而言之，你们都不是读死书的学生，我喜欢教你们这样的学

生。”

“我们也喜欢您这样的老师。”豆芽儿的嘴甜，反应也快，“古老师，您还可以接着教我们。”

“不可能了。总而言之，你们已经毕业了。”

“总而言之”先生哗地打开纸扇，摇头晃脑，迈着方步向学校走去。

“怎么，‘总而言之’先生也不知道那件事？”

李小俊对罗莉娜的消息产生了怀疑。

“唐老鸭博士都不知道的事，‘总而言之’先生就更不知道了。”豆芽儿说，“历史老师只对过去的事情感兴趣。”

“瞧！瞧！瞧，谁来啦？”

他们要等的人——白小松，终于出现了！

白小松校长

一辆银灰色的子弹造型的毕加索，停在校门口，等着守门的“老鱼头”把大门打开。

“白校长！”

车门开了，白小松从车里出来。他穿一条洗得发白的牛仔裤，上身穿一件黑色的T恤衫，与他平日里穿西服、打领带的中规中矩的模样，简直判若两人。

白小松被团团围住。

“白校长，我们学校是不是要改成有小学部、初中部、高中部那样的学校？”

“白校长，我们是不是还能留在这里读书？”

“白校长……”

七嘴八舌，白小松不知道该先回答谁的问题。

戴安说：“先回答我的问题。”

“好，女生优先。请！”

白小松很绅士地做了一个“请”的动作。

“米兰老师还有没有可能再回到这里来教我们？”

白小松看着戴安，他想起来了：“你是戴安吧？你不是已经被一所重点中学提前录取了吗？”

戴安说：“如果米兰老师能回来继续教我们，我可以放弃那所学校。”

“我也是。”

“我也是。”

李小俊和兔巴哥都这么说。

“这个嘛……”白小松显然有些为难，“我们尽力而为。”

“白校长……”

没完没了的问题，白小松已经招架不住。

“各位同学，老师们都等着我开会呢！”白小松钻进车里，“你们说的，我都记在心上了。”

守门的“老鱼头”早已把大门打开，等得不耐烦了：“几个捣蛋鬼，别老缠着白校长。”

等白小松的车一开进校门，“老鱼头”就把大门锁上了。他把一大串钥匙拴在裤腰带上，像赶一群鸭子一样，向外赶他们。

“走吧走吧！跟我捣了几年蛋，还有完没完？”

“没完。”

“完也得完，没完也得完。”“老鱼头”今天好像一点都不来气，“你们已经毕业了，想捣蛋也捣不了啦！”

原来“老鱼头”也不知道学校要改制的事。

米老鼠嘻皮笑脸：“‘老鱼头’，如果我们留在这里继续跟你捣蛋呢？”

“哈哈，那是白日做梦。”

“如果梦想成真呢？”

“老鱼头”鼓起他的一对鱼眼睛，白多黑少。“老鱼头”就是因为这双眼睛，几年前被几个坏小子叫出来的。

看这几个坏小子神秘兮兮的样子，“老鱼头”眨巴眨巴白多黑少的眼睛，他想起暑假一开始，学校一直在大兴土木，一座造型别致的多媒体教学大楼平地而起，而且，学校的老师们虽然放假了，学校里仍是人来人往，各种档次的轿车也在学校开进开出。

种种迹象表明，白果林小学真的要变，至少不会是原来的样子。但无论怎么变，跟这几个坏小子又有什么关系呢？

豆芽儿还跟“老鱼头”嘻皮笑脸：“‘老鱼头’，我们几个还留在这里上七年级，你一定很高兴吧？”

“老鱼头”只知道有六年级，从来不知道还有七年级，他只当豆芽儿在胡言乱语。

“去去去，别在这儿跟我捣乱！”

“老鱼头”又像赶鸭子一样赶他们走。

啪的一声，挂在“老鱼头”裤腰带上那串锁大门的钥匙掉在了地上。

米老鼠动作灵敏，弯腰从地上捡起那串钥匙。“老鱼头”向米老鼠扑去。

“兔巴哥，看球！”

他们把“老鱼头”的那串钥匙当排球玩。米老鼠把钥匙串扔给兔巴哥。

“老鱼头”向兔巴哥扑去。

兔巴哥高高举起那串钥匙，“老鱼头”跳起来去抢，兔巴哥把钥匙串扔给了戴安。

“老鱼头”向戴安扑过去。他并没有认出戴安是女生。

戴安高高举起钥匙串，她本来要把钥匙串扔给李小

俊的，一看李小俊很不高兴的样子，她知道李小俊又看她不顺眼了。

戴安把钥匙串扔给肥猫。“老鱼头”向肥猫扑过去。肥猫拔腿就跑，“老鱼头”紧追不舍。米老鼠、豆芽儿、兔巴哥都追过去看热闹。

一个陌生的男人

校门口一下子安静了许多，只剩下戴安和李小俊。

一个不知从什么地方滚来的皮球，正好滚在戴安的脚边，戴安心里有气，飞起一脚，把球踢上了天。

球在空中旋转着，不知飞向何方。

戴安挑衅地看着李小俊。她刚才踢那一脚，就是踢给他看的，她知道李小俊不喜欢她那样。

戴安希望李小俊和她吵架，可是李小俊没有，却转身走了。

“李小俊——”

戴安恼羞成怒，在李小俊背后大叫。

李小俊没有回头。

“嗨，这是你的球吗？”

有人在戴安的身后说。

戴安一回头，首先映入她眼帘的是一个男人的下巴，一个优雅的下巴。戴安的小姨戴小竹一直说戴安的爸爸有一个“优雅的下巴”，戴安曾经问过戴小竹，“优雅的下巴”是个什么样的下巴？戴小竹回答得很玄，她说你觉得这个下巴是“优雅”的，它就是“优雅”的。所以，戴安特别注意看男人的下巴，但是从来没有遇到过让她感觉“优雅”的下巴。

戴安死盯着人家的下巴看，那人却笑了，摸摸自己的下巴：“是不是我的胡子没刮干净？”

戴安不好意思再盯着人家的下巴看。她很想看看这个人是双眼皮还是单眼皮，可这人戴着一副宽大的墨镜，看不见他的眼睛。

戴安不喜欢双眼皮的男人，她老觉得双眼皮的男人带点女相。

“你是这个学校的学生吗？”

戴墨镜的男人好像不经意地在问戴安。

“是。”

“我也是。”

“你在这个学校上的小学？”

“是呀，快三十年了，这片白果林还是这片白果林。”

“这学校的门变了。以前是木门，没有现在的门大。”

现在的门是铁花门。

“还有呢？”

戴墨镜的男人指着学校旁边一座灰色的小楼：“以前，这里是一座天主教堂。”

现在，这座小灰楼是白果林社区办事处。

这时，肥猫他们回来了。

“戴安，他是谁呀？”

他们老远就看见戴安一直在跟这个戴墨镜的男人讲话。

“安先生，你来啦！”

“老鱼头”赶紧用钥匙开了校门，请安先生进去。

等安先生进了学校，都问安先生是什么人。

“什么人？”轮到“老鱼头”拿腔拿调了，“中国人。”

“我们看出来了，他是中国人。我们想知道，他是干什么的？”

其实，“老鱼头”也不知道他是干什么的。最近一段时间，他经常到学校来，来了就找校长。

“老鱼头”只知道，这个人姓安，校长叫他“安先生”。

第六章

优雅的下巴

戴安独自骑车回家。

今天李小俊带给她的不愉快，已经在她心中荡然无存。现在她满脑子都是那个叫“安先生”的人。一直以来，她从她母亲戴小荷和小姨戴小竹那里听到有关她父亲的形象，从来都是抽象的，只有一个“下巴”是具体的。但是具体也没有具体成一个具象，“优雅的下巴”是“什么样的下巴？”这是戴安想了许久都没想明白的问题。戴安只有睁大眼睛去找，她看过许多男人的下巴，但从来没找到那种“优雅的下巴”。

见到安先生的第一眼，直觉告诉戴安，那个“优雅的下巴”找到了。可惜戴安没有看见安先生的眼睛，他的墨镜一直没有取下来过，不知道他是双眼皮还是单眼皮。

戴安希望他是单眼皮。

戴安回到家的时候，意外地发现她妈妈戴小荷回来了，外婆却没有回来。戴小荷是陪外婆回江南老家，说好回去一个月，怎么才过半个月就一个人回来了？

“戴安，你回来啦？你到哪儿去了？你是不是到同学家去了？”

戴小荷看戴安的眼神有点惶恐，还有点看不够的意味。这可不像戴小荷，平日里她对戴安放心得很，几乎不怎么管。还有，今天戴小荷的话显得有点多，平日里，她跟戴安的话很少的，戴安反而跟她小姨戴小竹的话多，几乎无话不说。

戴安没有回答戴小荷，却问她外婆怎么没回来。

“我是不放心你一个人在家里，我才提前回来的。”

“不是还有小姨吗？”

“我还是不放心。”

“那你就放心把外婆一个人扔在那里？”

“那里毕竟还有很多亲戚可以照顾外婆。”戴小荷突然问道，“戴安，我走后，家里没出什么事吧？”

“我们能出什么事？”戴安不以为然，“除了戴小竹

买了一大堆衣服，什么事都没出。”

“我是说……”戴小荷欲言又止，吞吞吐吐，“有没有什么人来找过你？”

“有啊！”

戴安觉得今天她妈妈好奇怪。

“是谁？他是谁？”

戴安故意要逗逗她妈妈，她扳着手指头，一一数道：“夏雪儿，艾薇，罗莉娜，小魔女……”

戴小荷紧张的神经松弛下来：“都是些女生……”

“妈妈，你是不是担心我早恋呀？”

戴安想起夏雪儿的妈妈一天到晚除了睡觉，每时每刻都在警惕夏雪儿“早恋”，便觉得好笑。

戴小荷也笑了：“这我倒不担心。”

戴安五指插进她的男式短发里：“我这样子，没人敢喜欢我的。”

每次见到戴安故意摆出这副假小子架势，戴小荷的心里都会隐隐作痛。

“戴安，你马上就要上中学了，不要老梳那样的发型，也不要老穿T恤衫……”

戴安最讨厌听戴小荷说这些，她干脆吹起了口哨，这下更像假小子了。

每当这种时候，戴小荷只有叹气的份儿。面对这样

的女儿你能有什么办法？可这个女儿却是她的心肝宝贝儿，是她对生活的所有希望，是她生命的全部意义。

戴小荷绕来绕去，最终还是把她最想问戴安的话直截了当地说出来了：“戴安，这几天，你有没有遇见一个你不认识的叔叔？”

那个有着“优雅的下巴”的男人迅速闪现在戴安的脑海里。

“没有。”

戴安的回答坚定又果断。

戴小荷太神经质了。如果戴安把她遇到的那个人告诉她，她会更加神经质。

戴小荷

戴小荷回来的当天晚上，戴安就把白果林小学要改成股份制学校的事情跟她说了。戴小荷表现得十分冷淡："我知道，这跟你没关系。"

奇怪了，她刚回来，怎么就知道了呢?

戴安说："如果米兰老师能回来教我们，我就留在那里读七年级。"

"不可以！"戴小荷歇斯底里地尖叫，"绝对不可以！"

戴小荷近乎疯狂的样子让戴安又惊又吓。在戴安的

心目中，妈妈从来都是温文尔雅、柔柔弱弱的，所以戴安才把自己变成了假小子，以为这样就可以像男子汉一样，保护她的妈妈。

戴安以为戴小荷是舍不得那所已经录取了她的学校，所以她强调了留在原来的学校上七年级，完全是因为米兰。

“妈，你不是说过，学校并不是最重要的，老师才是最最重要的吗？”

“你别跟我说那么多，不行就是不行。”

戴安觉得她妈妈有些蛮不讲理了。其实，戴小荷特别欣赏米兰老师，她以前经常说，像米兰这样的老师是可遇不可求，能遇上，是一种福分。她还惋惜米兰只教了戴安一年……

戴小荷回到自己的房间。戴安越想越不明白，她妈妈今天太反常了，她怎么啦？是不是身体不舒服？

戴安到厨房给她妈妈调制一杯冰激凌咖啡。戴小荷酷爱咖啡，一年四季，每天下午三点到四点，是她喝咖啡的时间。春天喝爪哇摩卡咖啡；夏天喝冰激凌咖啡；秋天喝意大利泡沫咖啡；冬天喝爱尔兰咖啡。所以在这座小灰楼里，一年四季的下午，都弥漫着咖啡的滴滴香浓。

是不是因为今天下午，戴小荷没有喝咖啡，情绪才变得这样差的？

戴小荷不仅喜欢喝咖啡，还喜欢调制咖啡。除了做旗袍，戴小荷几乎把所有的时间，都花在了调制咖啡上。戴安从小就在厨房看戴小荷弄咖啡，所以除了操作复杂严谨的爱尔兰咖啡，戴安也能调制出几种咖啡来。最拿手的就是冰激凌咖啡，她自己也喝。

厨房里有一个漂亮的玻璃橱柜，琳琅满目地放了十

几个杯子在里面，全部是喝咖啡用的。喝不同的咖啡，要用不同的杯子。

喝冰激凌咖啡，要用高腰的高脚玻璃杯。

戴安先在杯子里放了四块冰，然后把冰过的咖啡倒了大半杯，冰箱里有的是从冰品店里买来的现成的香草冰激凌，舀两勺放进去，最后淋一点化开的鲜奶油。

戴安把做好的冰激凌咖啡放在一个白底蓝花边的托盘上，准备端到戴小荷的房间去。

刚走到楼梯口，就看见老猫蹲在戴小荷房间的门口。戴安知道，她妈妈又在放蔡琴的歌了。这只老猫跟戴安同岁，戴安十三岁时刚刚进入青春期，可对一只猫来说，十三岁已经太老太老，已经到了暮年了。

老猫喜欢听蔡琴怀旧的歌声。每当有这样的歌声从门缝里流淌出来的时候，老猫就会蹲在戴小荷房间的门口，侧耳倾听。

戴安轻轻推门进去。

戴小荷斜倚在床头，脸上有泪痕。

蔡琴正在唱《恰似你的温柔》。

戴安没有问她妈妈的伤心事。她不想问，从她懂事起，她就不问了。她妈妈有太多的伤心事，戴安只想用自己的强悍，来保护她的妈妈，来安慰她的妈妈。

看着戴安，戴小荷的眼泪又无声地流下来。

戴安的身世

“戴安，答应我，别再回到原来的学校。”

就为这个，那么伤心，至于吗？

戴安觉得她妈妈越来越不可理喻。

戴小荷开始喝戴安为她调制的冰激凌咖啡。戴安若无其事地东张西望。

戴小荷喜欢收藏扇子。墙上，挂满了扇子，纸扇、绢扇、羽毛扇、木雕扇、牛皮扇、骨扇，应有尽有。这个房间最显著的地方，挂的不是扇子，却是一幅画像。戴安小时候不知道这画像上画的是谁。戴小荷说画的是

她，戴安说不像。戴小荷说了一句戴安不懂的话，她说是“神似”不是“形似”。看久了，才发现这画上的人眼神跟戴小荷像，再后来，便越看越像了。

这幅画是戴安的父亲在十三年前，为她画的。

现在，他回来了，带着他叔父的遗愿，回国投资教育。

回国后，他千方百计地从老同学那里，要到了戴小荷的手机号。和戴小荷联系上了，戴小荷正陪戴安的外婆在江南老家。她没有告诉他，他有个女儿。戴安是她的，她一个人的，这时候的戴小荷，比任何时候都怕失去戴安。所以，她不顾一切地从江南老家赶回来了。

戴小荷怕他去找戴安。虽然她没有告诉他，他有个女儿，但她还是怕他从别的渠道知道，所以她一回来，便心急火燎地问戴安，有没有遇见一个陌生的叔叔。

戴小荷还知道，他要投资的学校，就是戴安读过的、现在又准备回去再读的白果林学校。

戴小荷下定决心，千万不能让戴安回去读那个学校，这样，太危险了。她知道戴安对她妹妹戴小竹是言听计从，她把说服戴安的希望，寄托在戴小竹身上。

戴安和她妈妈想的一样，她知道她妈妈对她小姨是言听计从，所以她把说服她妈妈的希望，也寄托在戴小竹的身上。

戴小荷和戴安，都在等待戴小竹的归来。

戴安下了楼，她要在门口截住戴小竹。

外面的月亮很好，月光如水。

戴安望眼欲穿。

“戴小竹，你在哪儿呀？求求你，快回来吧！”

戴安跟戴小竹，比跟她妈妈还亲。当年生戴安时，戴小竹才十九岁，刚刚读大学，是她一直鼓励她姐姐把戴安生下来的，还说她要和她的姐姐一起来抚养这个孩子。可以这么说，戴安童年的快乐，有一大半都是戴小竹给她的。

戴小竹终于在月光下出现了。不过不是一个人，是两个人。她身边的那个大男孩像是她的学生，又不太像，因为和她告别时，完全是依依不舍的样子。

如果在平时，戴安一定不会放过戴小竹，她会追问到底，甚至不惜采取逼供的手段。可戴安现在心里有事，根本没怎么注意那个大男孩。

“戴安，你在这里干什么？”

“我在等你。”

“你等我干什么？”戴小竹在戴安耳边小声问道，“你看他怎么样？”

戴安一把将戴小竹拉进屋里，求她上楼去帮她当说客。

戴小竹一向对米兰的印象挺好，而且，她一贯的观点是：选择老师比选择学校更加明智。

戴小竹拍拍戴安的肩膀："没问题。等着我的好消息吧！"

戴小竹咚咚咚地上楼去了。

过了好一会儿，戴小竹下楼来了。她下楼的脚步可不像她刚才上楼时那样欢快，显得有些沉重。

在思念中长大

戴小荷给戴小竹讲了，戴安的亲生父亲回来了。

戴小竹睁大了眼睛：“你怎么知道的？”

“他找到我了。”

“他回来干什么？”

“投资办学校，就是戴安原来读的那所学校，改制成股份制学校，他是最大的股东。”

戴小竹什么都明白了。

“姐，你真的不打算告诉他吗？”

“不，戴安是我的。不是，是我们俩的。”

戴小荷的意思是她和戴小竹共同把戴安抚养大的。

“可戴安需要父亲呀！”

“我知道。”戴小荷的理智和情感在激烈交替，“可我还是不能原谅他。”

这么多年，戴小荷一个未婚的单身女人，非常艰辛而又尊严地做着一个女孩的单亲妈妈，她除了凭借做旗袍的好手艺，让戴安拥有比上不足、比下有余的物质生活，她还百般呵护戴安稚嫩的心灵不受到任何伤害。像所有的孩子一样，戴安小时候也问过她的爸爸，戴小荷就会告诉她，她爸爸在很远很远的地方，她爸爸很爱很爱她。每年她的生日，她爸爸都会从很远很远的地方，寄礼物给她。其实，每年戴安的生日，戴小荷都会买双份的礼物给戴安，有一份必然会说是她爸爸从很远很远的地方寄来的。

正是戴小荷的用心良苦，戴安一直沐浴在父爱和母爱的阳光中，她的身体，她的心智得以茁壮成长。她的身上，滋生着比别的孩子更加丰富的情愫，她知道怎样爱她的妈妈，她知道怎样保护自己。她在思念中长大，在思念中想象她的父亲。不知从什么时候开始，戴安逛商场时，她的脚不由自主地会往卖男人服饰的区域走去，看到一顶帅气的棒球帽，她会想象，这顶帽子戴在她爸爸的头上，会是什么样子？看到一件休闲的毛衣或一件很酷的黑色风衣，她都会想象，这些东西穿在她爸爸的身上，会是什么样子？

戴小荷尽她一切努力，在戴安的心中，完美着她的父亲，但在她自己心中，从来没有真正地原谅过戴安的父亲。

冷战

戴安和她妈妈戴小荷开始了持久的冷战。戴安天天出去游泳，回到家就把自己关在房间里。戴小荷整日把自己关在工作间里，她习惯一边做旗袍，一边听音乐。除了蔡琴的歌，她还爱听莎拉·布莱曼的《月光女神》、《七月里的冬天》，爱听猫王的《温柔地爱我》，爱听惠特尼·休斯顿的《我将永远爱你》，爱听席琳·狄翁的《爱的力量》。戴小荷只爱听爱情歌曲，爱情可以唱到让天地动容。好玩的是，那只与戴安同岁的老猫，却只爱听蔡琴的。放别的歌，它就走开；放蔡琴的歌，它就蹲在工作间的门边。

戴安和戴小荷在饭桌上也不说话，幸好有戴小竹，最近她恋爱了，恋爱中的人恨不能将她的幸福和甜蜜告诉全世界所有的人。

戴小竹张口是“狄夫”，闭口还是“狄夫”。狄夫就是那天晚上送戴小竹回家的那个人。

因为戴小竹没帮上戴安的忙，所以戴安对戴小竹耿耿于怀。

“戴小竹，那个狄夫就是上帝为你安排好的那个人？”

戴小竹说过的一些金玉良言，戴安都会牢记心中。

“我的心告诉我，他就是。”

恋爱的女人显得有点傻，现在戴小竹就有点傻，她心里眼里只有狄夫，戴安怀疑她根本就没把她的事放在心上。

戴安吃饭很快。她把每一样菜夹一点在碗里，和着饭，几口就扒拉完了。她看戴小竹也不好好吃饭，还在那里狄夫长狄夫短的，便说：“戴小竹，我现在就去你房间等你。”

戴小竹的房间就在楼下饭厅的隔壁。床垫直接放在

地板上。一张很矮的圆桌，上面铺着手工刺绣的桌布，没有椅子，也没有沙发，只有两个巨大的像装着半袋米的魔袋，这个魔袋妙就妙在人一坐上去，背后便鼓起来，靠在上面非常舒服。

戴小竹喜欢收藏手镯。她在一面墙上挂了竹帘，各种各样的手镯用丝线拴起来，错落有致地挂满了竹帘，玉镯、银镯、骨雕镯、木雕镯，还有镶宝石的、景泰蓝的、绿松石的、水晶珠的……戴小竹最钟爱的还是那些创意大胆、做工粗糙的藏式手镯。

戴安注意到，今天戴小竹戴的是一串红豆手镯。本来是一串长长的红豆项链，戴小竹把它在手腕上绕了几圈，就成了红豆手镯。红豆相思，一看就知道人在恋爱中。

戴小竹进来了。不等戴安开口，她便先说了："戴安，这次你还是听你妈妈的吧！"

戴安想不通，她妈妈对她一直是放手的，什么事情都是让她自己做主，为什么这一次显得这么固执呢？

"一点余地都没有？"

戴小竹无可奈何地摇头："恐怕没有。"

"这样吧！"戴安退一步，"如果米兰老师能回来再教我们，我就留在白果林学校；如果不能，我就去读那所已经录取我的重点中学。这总可以吧？"

戴小竹还是摇头："恐怕也不行。"

第七章

“假女子”和“假小子”

戴安和她妈妈的冷战还在继续，她的心里很郁闷。戴安排解郁闷的方式是运动，每天下午去游泳场游得精疲力竭以后，心情会好一点。今天，戴安突然想去滑冰，活水公园里有一个很好的人造冰场。

戴安依稀记得，李小俊曾对她说过，他会滑冰。

戴安给李小俊打电话，约他去滑冰。

李小俊没想到戴安会给他打电话，有点受宠若惊。

“戴安，你不生气啦？”

李小俊还记着那天在白果林学校门口，他和戴安不欢而散的事情。

戴安早忘了，她才不会把这些鸡毛蒜皮的事放在心上，李小俊却一直把这些鸡毛蒜皮的事放在心上。其实他每天都想给戴安打电话，每天都对自己说“明天一定打”，结果拖到现在，戴安倒先打电话来了，李小俊反而觉得不真实。

“戴安，你是不是还约了肥猫？”

“没有。他又不会滑，我不忍心看他在冰上摔得鼻青脸肿的样子。”

“兔巴哥会滑，你约他了吗？”

“我干吗要约他？”戴安又发脾气了，“李小俊，你少废话，你到底来不来？”

李小俊不敢不去。当然，也是心甘情愿去的。李小俊已经不像过去那么怕戴安，他甚至想和她较量，那样他更能找到男孩子的感觉。

李小俊从小在一大群表姐表妹中长大，他的长相也精致得像个女孩子，大眼睛，双眼皮，长睫毛，皮肤又白又细，很多人见了他，都会摸一下他的脸蛋说：“如果是女孩子，长大了一定是绝代佳人。”

李小俊的妈妈一直把李小俊打扮得像女孩子。上小学前，他的头上一直梳着两根羊角辫，身上穿的也是他的表姐们穿不了的花衣裳或镶着花边的衣裳。久而久之，李小俊自己都把自己当成了女孩子，他从不跟男孩子在一起玩，只跟女孩子玩，所以他说话的语气、动作，都跟女孩子一模一样。

李小俊读小学时，是全校闻名的“假女子”，饱受男孩子们的欺负。读到五年级，李小俊在原来那个学校再也呆不下去了，他妈妈把他转到白果林小学读六年级，就在戴安那个班上。戴安是全校闻名的“假小子”，米兰老师居然把李小俊安排跟戴安同桌。

李小俊是在戴安的拳打脚踢下变回男孩子的。现在，他已经能跟男孩子们玩到一块儿，像跟肥猫、兔巴哥、豆芽儿、米老鼠，还玩成了铁哥们儿。准确地说，是打成了铁哥们儿。李小俊第一次打架，就把肥猫的鼻血打出来了，从此赢得肥猫的敬重，视为知己。

自从李小俊找回男孩子的感觉后，他竟然生出要“帮戴安变回女孩子”的念头。

香水的名字叫“毒药”

李小俊骑车直奔活水公园。

李小俊用一只手掌着自行车把，一只手掌在裤腿上使劲擦几下。他有点紧张，手心里都是冰凉的汗。如果换了别的男生，单独和戴安去滑冰，心里不会有任何异样，没有哪个男生会把戴安当女生的。

自从李小俊找回男孩子的感觉后，李小俊就把戴安当女生的。他一边蹬

车，一边想：戴安今天会穿成什么样子？他知道戴安不会穿裙子，但他希望她不要老穿着那种松松垮垮的T恤衫，那种脏兮兮的、长得罩住脚背的牛仔裤。

李小俊老远就看见戴安了，她今天穿得很醒目，白色长裤，配一件白底蓝横条的短袖衫。这跟她平时穿的，已经很不一样了。

李小俊寄好自行车，戴安已经朝他走来。她习惯性地一只手臂搭在李小俊的肩上，还把鼻子凑到李小俊的耳根那里去嗅了嗅。

李小俊满脸通红，他推开戴安："别闹！"

戴安嘿嘿一笑："我闻你身上洒香水没有？"

"戴安！"

就像结了疤的伤口又被戴安揭开了疤。李小俊还清楚地记得，他第一次被戴安痛打，就是因为香水。

李小俊从小就有往耳根后面喷香水的习惯。那时他刚跟戴安同桌，还不太知晓戴安的德行和脾气。有一天，戴安问他："李小俊，我怎么嗅出你身上有股味儿？"

"你闻出来啦？你知道这种牌子的香水叫什么吗？我告诉你吧，叫'毒药'，也叫'鸦片'。"

李小俊一说起香水就滔滔不绝。

戴安捂住鼻孔："怪不得我的脑袋昏昏沉沉的，原来

是中毒了。”

“不是真的毒药，也不是真的鸦片。这是一种法国香水的名字。”

李小俊像女孩子那样妩媚地摆头，戴安的拳头握紧了，心想这假女子的臭毛病真该好好治治了！当时教室里的人多，戴安才没有出手。

李小俊根本不知道戴安心里在想什么，只要一说起香水，他就会忘乎所以，没完没了。

“戴安，你知道当今世界上最昂贵的香水品牌吗？”

戴安毫无表情地看着李小俊。

“世界上最昂贵的香水品牌叫Bijan。Bijan是一个服装设计师的名子，这种香水是他调制出来的，有神秘的

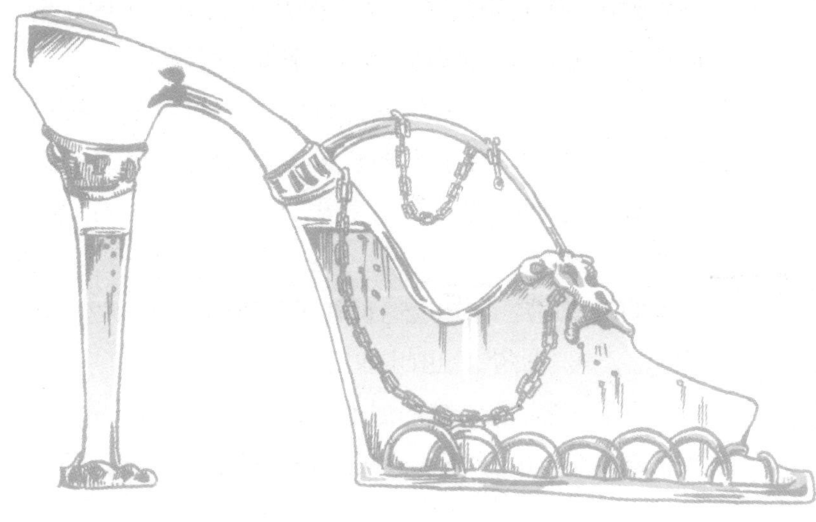

东方香味，每盎司三百美元。”

李小俊对香水着迷的程度，是戴安无法想象的。

“世界上前十名的香水品牌名字我全知道。”李小俊扳着手指头，一一道来，“刚才我已经说了两种，毕扬和毒药，还有欢乐、第凡内、狄娃、小马车、艾佩芝、夏奈尔5号、夏尔美、象牙，刚好十种。”

李小俊十个指头都扳完了。戴安对香水毫无兴趣，在李小俊津津乐道说香水的时候，戴安一句都没听进去，她正在心里盘算着，找个什么机会，把李小俊这个假女子好好地修理一顿。

那天下午放学，正好轮到戴安和李小俊做清洁。等值日生和其他几个同学都走了以后，戴安突然对李小俊拳打脚踢，一直把李小俊打得蹲在地上，然后像老鹰抓小鸡一样，戴安抓住李小俊的衣领提将起来，按在课桌上，将他双手反剪在背后。

李小俊号啕大哭，大颗大颗的泪珠儿从他美丽的大眼睛里滚落下来。

“李小俊，知道我为什么打你吗？”

“不……不知道。”

李小俊哭得抽抽搭搭。

“想知道吗？”

平白无故被暴打一顿，李小俊当然想知道这是为什

么。

“想知道就不许哭！”戴安对付李小俊，简直就像猫玩老鼠，“等你的眼睛里没有眼泪了，我再告诉你。”

李小俊立即不哭了。

“我打你，是让你记住你是一个男孩子。我现在就和你约法三篇：第一，不许再抹香水；第二，不许再说香水；第三，明天把你收藏的香水都给我交来。”

戴安的话，李小俊不敢不听。第二天，李小俊乖乖地把他当宝贝似的几小瓶香水，交到戴安的手中。戴安转手就把这几小瓶香水，送给了艾薇。

从那以后，李小俊彻底地跟香水拜拜了。

冰场邂逅

戴安和李小俊换上冰刀鞋，突地像长高了许多，两人都是双腿修长，看起来有一米八高。

冰场的护栏边，站着一群不会滑冰的小女生，看戴安和李小俊从她们身边经过，目光一直追随着他们。

戴安说：“李小俊，小女生们在看你呢！”

李小俊说：“她们在看你。”

确实，小女生们看李小俊，也看戴安，她们把戴安也看成是和李小俊一样俊美的男生。

冰面是圆形的人造冰场，冰面上泛着白光。能在冰面上滑行自如的人并不多，大多是初学者，互相拉着手，一人摔了，另一个人也跟着摔下去。

戴安一看李小俊站在冰上四平八稳的样子，就知道他是会滑的。

戴安单足蹬冰，双足向前滑行。李小俊紧跟其后，他的技术到底不如戴安，滑一周下来，戴安已经把他甩在后面。李小俊一心想追上戴安，脚下便乱了方寸，一个劈叉，屁股顶在冰面上旋转了三百六十度。

戴安笑着滑过来，拉着李小俊的一只手，把他从冰上拉起来。戴安没有再放开李小俊那只手，手牵手一起向前滑。

在冰场上，戴安和李小俊格外引人注目，每当他们从那群小女生身边滑行而过，都会引起她们一阵阵的尖叫声。

戴安问李小俊，会不会向后双足滑行?

李小俊不会，他只会单足蹬冰，双足向前滑行。

戴安想出一个花样，她和李小俊面对面，李小俊单足蹬冰，双足向前滑行，戴安单足蹬冰，双足前后滑行。他们步调一致，几周滑下来，已配合得天衣无缝。

冰场上有许多人在看他们，还有人在鼓掌。滑到掌声响起的地方，戴安看了一眼鼓掌的人，滑行的速度立即慢了下来，这人好像在哪里见过？

戴安想起来了，这个鼓掌的人，就是那个曾经在白果林学校门口遇见的那个有着“优雅的下巴”的人。戴安还记得他叫“安先生”，他今天没有戴墨镜，因为离他的距离比较远，还是看不清他是双眼皮或者单眼皮，这是自从戴安见到他后，一直想要知道的。

戴安丢下李小俊，径直向他滑去。

“嗨！”

“嗨！”安先生显然也还记得戴安，“你滑得真棒！”

戴安稳稳地停在安先生的面前：“真巧啊！又在这里遇上你。”

其实不是巧，安先生是跟踪戴安而来的。

戴安问安先生：“你也喜欢滑冰？”

安先生说：“在上大学之前，我差一点就成了滑冰运动员。”

“真的？”戴安马上要拜安先生为师，“你教我滑冰好不好？”

冰上华尔兹

戴安把李小俊也叫过来了。戴安向安先生介绍李小俊，说他是她的同学。

“也是白果林学校的？”安先生显得格外热情，伸出手来和李小俊握，“你好！”

李小俊悄悄拉拉戴安的衣袖：“你怎么认识他的？”

“你别管！”戴安甩开李小俊，回头对安先生说，“你先给我们表演几个动作吧！”

戴安是想检验安先生刚才说的话是不是真的。

“好吧！”安先生滑到冰场中央，“我先给你们来个

单足旋转。”

安先生收腿、收臂，左足上的冰刀在冰面上飞快地旋转。

“好！好！”

戴安和李小俊鼓掌叫好。

安先生放腿，放臂，左足上的冰刀在冰面上旋转的速度缓慢下来。

安先生问：“你们还想看什么？”

“你会燕式旋转吗？”

这是花样滑冰的经典动作。

“我试试吧！”

安先生身体向前倾，右腿向后抬起，顺旋转方向向后伸展，使身体与冰面平衡。他的左臂和左肩迅速配合向右旋转方向用力摆动，右臂自然伸展，好像一只展翅飞翔的燕子。

安先生的冰上动作优美极了。不仅李小俊和戴安在为他鼓掌叫好，全场的人都在为他鼓掌叫好。

安先生结束了燕式旋转，朝戴安和李小俊滑来。

戴安在李小俊的耳边惊叫道：“哇，他是单眼皮！”

李小俊奇怪地看着戴安：“人家是单眼皮，你高兴什么？”

李小俊当然不会知道戴安心中的秘密。

安先生已滑到了他们跟前。戴安马上夸他的滑冰技术具有专业运动员的水平。

安先生喘着气说："不行啦！老啦！"

"你不老。"戴安说，"你看起来最多三十八岁。"

安先生正好三十八岁。他心里猛地一颤，神色也有些变了："你怎么知道我的年龄？"

"我随便猜的，你怎么啦？"

戴安只知道女人忌讳别人说年龄，没想到安先生一个大男人，也对年龄这么敏感。

安先生自觉失态，对戴安抱歉地笑笑："没什么，你猜得很准。"

这时，冰场里放的音乐是一支华尔兹舞曲。

安先生说："你们俩可以来一曲冰上华尔兹。"

戴安和李小俊都说："我们不会。"

"怎么不会？"安先生说，"刚才我一直在看你俩滑，一个向前滑，一个向后滑，只要两人把手合在一起，就是冰上华尔兹了。来，戴安，我先带着你滑。"

安先生和戴安面对面，戴安的两只手被安先生轻轻地握着，随着华尔兹舒缓的音乐，戴安在安先生的带引下，他们滑起了优美的冰上华尔兹。

安先生带得轻盈、安稳，戴安极有安全感，一点都不用担心她会摔倒。她微闭着双眼，透过颤动的睫毛，她看见安先生的下巴中间，竖着一道很深的痕。她自己的下巴上也竖着一道痕，只不过这道痕很浅，要仔细看才看得出来。

第八章

在咖啡馆里

从滑冰场出来，安先生见附近就有个咖啡馆，便说要请戴安和李小俊喝咖啡。

戴安一向矜持，如果不是安先生，她是死也不肯接受一个陌生人的邀请的。奇怪的是，她跟安先生不过才见过两次面，感觉却已经认识很久很久了。

李小俊还在犹豫跟不跟安先生进去喝咖啡，戴安只横了他一眼，他便乖乖地跟了进去。

服务生刚把他们引到一个靠窗的桌前坐下来，那四个坏小子——肥猫、兔巴哥、豆芽儿和米老鼠，正从窗前经过，肥猫总是盯着有吃的地方，所以一眼就发现了戴安和李小俊。只见他们惊喜万状，手舞足蹈，像一帮土匪似的冲了进来。

“戴安，你和李小俊在这里约会呀？”

“你们两个被我们逮了个现行，还有什么话说？”

戴安根本不理他们。她给安先生介绍说：“这几个也是我的同学。”

“也是白果林学校的？”

只要是白果林学校的，安先生就会格外地热情，他和四个坏小子一一握手。

豆芽儿还记得安先生。

“我见过你，上次在我们学校门口。”

安先生忙作自我介绍：“我姓安……”

“我们就叫你uncle吧！”

Uncle是“叔叔”的意思，大家都一致赞成这么称呼安先生。

安先生说：“既然大家是白果林学校的，今天就由我来请客吧！”

大伙儿一时都没反应过来，这安先生跟白果林小学到底有什么关系。

安先生打了个响指，便有服务生捧着几本食谱快步走来。

安先生亲自把食谱送到他们手上："随便点，请别客气。"

安先生说这话实在是多余，肥猫他们几个怎么可能客气？

服务生弯下身来，周到地帮他们建议喝哪种咖啡，肥猫马上说他不喝咖啡。

戴安说："这里是咖啡馆，你不喝咖啡喝什么？"

兔巴哥指着食谱："我要一份哈根达斯。"

哈根达斯是冰激凌中的极品，很贵，但确实好吃。

"我也要！"

"我也要！"

"我也要！"

结果，除了安先生，都要了哈根达斯。

肥猫意犹未尽，继续翻着食谱。一边翻，一边好像漫不经心地问："Uncle，你滑了冰，肚子是不是有点饿？"

戴安知道肥猫是别有用心，她大喝一声，想制止他："肥猫！"

肥猫虽然怕戴安，但一涉及到吃，他谁都不怕："我问uncle，又没问你！"

安先生怕他们吵起来，忙说："既然你们是戴安的同学，我来请你们是应该的，随便点！随便点！"

大伙儿一时又没反应过来，这安先生跟戴安又有什么关系呢？

海鲜巧达汤

既然人家安先生都让随便点，肥猫点了加勒比海浓汤。

“你怎么喝汤呀？”

“因为没喝过这种汤。”

凡是肥猫没有吃过的东西，他都会抱着强烈的好奇心。

豆芽儿、米老鼠和兔巴哥，都学肥猫，点自己没有吃过的。豆芽儿点的是螺旋面鳕鱼沙拉，米老鼠点的是法式芥末火腿三明治，兔巴哥点的

是双味咖喱饭。

安先生问戴安点什么？

戴安不看食谱，却问服务生有没有海鲜巧达汤？

安先生问：“你喝过这种汤吗？”

戴安说：“我妈妈经常在家里做这种汤。”

李小俊也点了海鲜巧达汤，立刻招来那几个坏小子的攻击，他们说戴安吃屎，李小俊也会跟着去吃屎。

都点过了，就只剩下安先生了。刚才，安先生听说戴安说她妈妈在家里做海鲜巧达汤，神情便有些恍惚。现在让他点，他也点了海鲜巧达汤，还点了一杯冰激凌咖啡。

最先送来的是冰激凌咖啡。西餐是一样一样地做，等的时间很漫长，他们一边吞着口水，一边听安先生侃咖啡。

“我只在夏天的时候，才喝冰激凌咖啡；冬天，我喜欢喝爱尔兰咖啡；秋天，我喜欢喝意大利泡沫咖啡；春天，我喜欢喝爪哇摩卡咖啡……”

“怎么跟我妈妈一模一样？”

看安先生怔怔地看着戴安，豆芽儿赶紧说：“戴安的妈妈是做旗袍的，很漂亮，戴安一点都不像她的妈妈……”

安先生的神情又有些恍惚了。

豆芽儿继续饶舌："你知道戴安为什么叫戴安吗？"

"哦？"

见安先生来了兴趣，豆芽儿更是忘乎其形："戴安小时候，不叫戴安，叫戴安娜。后来长大了，越长越像假小子，不敢再叫戴安娜，只好把'娜'去掉，就叫……哎哟哎哟……"

豆芽儿的一只耳朵已被戴安提起来，踮起足尖跳起了芭蕾舞。

安先生起身将戴安和豆芽儿拉开，等他俩重新回到座位上的时候，肥猫的加勒比海浓汤已喝得见底了。

上了三个烤得焦黄的法式圆面包，肥猫急了，问服务生："他们要的是汤，怎么上的是面包？"

服务生抿嘴一笑，轻轻揭开面包上的一层盖儿，一股浓滑的香味散发开来，原来面包是碗，有鲜虾、熏肉、土豆做成的浓汤就装在里面。

肥猫他们几个，别说吃过，就是见也没见过这么别致的汤。他们开始争论，是先吃外面的面包还是先喝里面的汤？

米老鼠说："如果是先吃外面的面包，汤就流在桌子上了。"

豆芽儿说："如果先喝里面的汤，后吃外面的面包，没有汤的面包，怎么咽得下去？"

“一群弱智儿童！”戴安握着勺子，“看着我吃给你们看。”

戴安舀了几勺汤喝，面包碗里的汤下去了一圈，戴安就把这一圈面包撕下来就汤喝。面包碗里的汤再下去一点，戴安再撕下一圈面包来。就这样，汤喝完，面包也吃完了。

肥猫他们几个看得口水滴答，眼睛都直了，都在心里后悔：刚才没有像李小俊那样，跟着戴安点一份海鲜巧达汤来喝。

看着戴安那样娴熟地享用海鲜巧达汤，安先生有一种恍若隔世的感觉。当年他和戴小荷最爱去的那家咖啡馆，也像这家咖啡馆一样，还卖各种西点，戴小荷最爱点的就是海鲜巧达汤，刚才戴安的吃法，跟戴小荷的吃法一模一样。

几个疑点

刚才戴安在和那几个坏小子打打闹闹的时候，李小俊一直非常安静地坐在那里，他在暗中观察安先生，他发现安先生的眼睛始终没有离开过戴安。

李小俊还发现，安先生的下巴和戴安的下巴出奇的像，都是下巴中间竖着一道痕，只不过安先生深一些，戴安浅一些。

还有一个细节，李小俊看得十分清楚，就是几个坏小子又在调侃戴安的名字时，安先生的眼睛里有了转瞬即逝的忧伤。李小俊知道戴安跟她妈妈姓，她名字的这个“安”，跟安先生的姓会不会有某种渊源。

这个念头一闪现出来，李小俊就被自己吓了一跳。他的眼睛本来就大，现在睁得更大了。

肥猫他们几个坏小子跟戴安闹够了，看李小俊木在那里一直没说话，便开始拿他开涮。

“李小俊，你在戴安面前，连话都不敢说。”

“李小俊，今天是戴安约你滑冰，还是你约戴安滑冰？”

“当然是戴安约李小俊。”肥猫不笑的时候，样子不坏；他一笑，样子就坏。“借一百个胆子给他，他也不敢去约戴安……”

安先生看出来了，这几个男生中，不仅李小俊怕戴安，他们几个都怕，戴安是他们中间的领袖。

戴安不像个女孩子，这是安先生见到戴安的第一眼印象。多看几眼后，特别是刚才，他和戴安在冰上滑华尔兹时，他离她那么近，其实戴安的五官还是很清秀的，大眼睛，长睫毛，精巧的鼻子精巧的嘴，特别是她的脸型，下巴尖尖，是一张典型的卡通美少女的脸。但是她的打扮，她的言行举止，确实是比男孩子还要男孩

子。

她为什么会这样？安先生的心里一阵隐隐地痛。

“戴安，你不喜欢跟女孩子在一起玩吗？”

戴安吹了一声口哨，算是回答安先生。

豆芽儿为戴安的那一声口哨做注解：“跟女孩子有什么好玩的？叽叽喳喳，头发长，见识短，扭扭捏捏，装模作样，哪里有跟我们哥们儿在一起爽？我说得对不对，戴安？”

戴安不置可否。她面无表情，做出一种很酷的样子。

“戴安不是不想跟女生玩，她是不敢跟女生玩。”

肥猫突然冒出这么一句来。

“哦，为什么？”

“比如她跟艾薇在一起，人家会说‘美女和野兽’。”

“肥猫——”

戴安向肥猫扑去，肥猫连椅子带人，四仰八叉地倒在地上。

动静太大，几个服务生快步走来。安先生忙给人家赔礼道歉，又对肥猫和戴安正色道：“这里是高雅的地方，不得粗鲁。”

戴安和肥猫乖乖地坐下来。气氛有点僵。

为缓和气氛，安先生没话找话。

“你们刚才说的艾薇，这是一个什么样的女孩子？”

说起艾薇，坏小子们的眼睛都在闪闪放光，都不约而同地指着兔巴哥：“你问他。”

兔巴哥满脸通红。只要听到艾薇的名字，他都会脸红。

兔巴哥见肥猫笑得最欢，马上自卫反击，大叫一声“夏雪儿”。

大家又笑肥猫。

安先生一头雾水，问夏雪儿是谁。

肥猫答非所问：“我想起来了，夏雪儿说她不读白果林学校了。”

肥猫死乞白赖地要跟人家夏雪儿读一个学校，还要同班，还要同桌，夏雪儿说坚决不再跟他读一个学校，而肥猫是铁了心要留在白果林学校读七年级的，所以肥猫就把夏雪儿的话演绎成“夏雪儿不读白果林学校了”。

“如果米兰回来教我们，她也不留下来吗？”

“米兰又是谁？”

安先生越听越糊涂。但凡是跟白果林学校有关的人和事，他都有兴趣。

学校董事长

安先生见到白小松校长的第一句话，就是“想尽一切办法，不惜一切代价，都要把米兰老师请回学校来。”

白校长十分诧异：安先生来投资白果林学校时，米兰已离开学校去电台做了主持人，他怎么知道米兰的？

那天在咖啡馆里，安先生听了许多关于米兰的故事，从孩子们争先恐

后、绘声绘色的讲述中，他知道了他们喜欢的是什么样的老师。

“要把白果林学校办成一流的学校，就指望这样的老师了。”安先生问白校长，“你知道吗？很多已经从这里毕业的学生，包括一些已经被重点中学录取的学生都表示，如果米兰老师能回到白果林学校继续教他们，他们都愿意继续留在白果林学校。”

“安先生，我也正为这件事情伤脑筋呢！”白校长说，“米兰是我的学妹，在师大时，我念教育系，她念中文系。她的教育理念非常前卫，在学校的老师中显得有些另类，许多老师对她的看法，也颇有微词。但学生们却非常喜欢她。”

当然，白校长不会告诉安先生，他也非常喜欢米兰。其实安先生知道，那几个口无遮拦的坏小子，那天在咖啡馆，把关于米兰的一切，都争先恐后地告诉了安先生，其中一个情节，就是白校长，还有一个叫毛志达的人，无奈米兰对他们两个人都没有“心动”的感觉，结局是米兰离开学校，去电台当了节目主持人；毛志达去西藏当志愿者；老姜校长年纪大了，退居二线，白副校长升为白校长。

“白校长，听说米兰老师回白果林学校的障碍，是她跟电台签了聘用合同？”

“好像是这样。但据我了解，米兰的理想不是做老师，而是做主持人。”

“不管她的理想是什么，孩子们这样喜欢她，就证明她是一个难得的好老师。这样的人应该在学校，而不是在电台。”

安先生完全是用老板对下属的口吻说这番话的。现在他是白果林学校的投资人，他就是老板，白小松则成了他聘用的校长。

白校长跟安先生也不过打了几次交道，每次都是有决策性的事情，他才会来拍板或签字，其他的事情都交给他的助理办，所以，常常出现在学校里的，不是安先生，而是他的助理。他要约见白校长，都是在外面找一个地方。总之，他给白校长的感觉是想把自己搞成隐形人。

安先生的沉默

安先生答应戴安和李小俊，要教会他俩几个花样滑冰的动作。跟安先生学了两个下午，戴安和李小俊已经学会了燕式平衡动作和大一字滑行。

到了第三天下午，戴安和李小俊似乎没有一点心思再跟安先生学，他俩一直在嘀嘀咕咕。

“你俩在嘀咕什么？”

“我们在说米兰老师。”

安先生装作什么都不知道的样子："米兰老师怎么啦？"

李小俊说："听说有一个神通广大的人，把交通电台的台长说通了，电台跟米兰老师解除了合同，米兰老师又回到白果林学校了。"

其实这个神通广大的人，就是安先生。虽然他回国的时间并不长，因为他要投资学校教育，必须特别关注国内学校教育的现状。有一点他是深有感触的，那就是能得到学生真心喜欢的老师已经很少很少，一个叫米兰的老师，她居然有如此的魅力，让那些已经被名牌重点中学录取的毕业生，会因为她而自愿留在白果林学校。安先生还不认识米兰老师，但他一定要成全这个叫米兰的老师和她的学生们。

安先生这几天就在忙这个事情。他通过曲曲弯弯的关系，终于通到了交通电台台长那里，他说服台长的理由是：一个好的主持人好找，一个好的老师不好找，一个深受孩子喜爱的老师太难太难找。这个台长正好有个调皮捣蛋的儿子在上小学，对安先生的见解很有同感，便毅然决然地和米兰解除了聘用合同。

听到这个消息，戴安并不像李小俊想象中的那样高兴，那样激动。

"戴安，你不会变卦吧？"

李小俊放弃已经录取他的重点中学，留在白果林学校读七年级，一半是因为米兰，一半是因为戴安。

“我没问题，是我妈有问题。”戴安揸开五指揪住她的短发，仿佛要把满脑袋的烦恼都揪出去似的。“我妈坚决不同意我留在白果林学校。”

“为什么？”

“我也不知道为什么。”戴安说，“按理说，我妈不

是这样的，一般来说，我自己的事情都是我自己拿主意，我妈从来不在中间插一杠子。李小俊，你说我妈是不是到了更年期？”

李小俊知道，更年期的女人就是老女人了。

“你妈妈没那么老吧？”

“他们说，更年期的女人喜怒无常，情绪不稳定，蛮横不讲理……这些症状都有点像我妈妈现在的表现。”

“戴安！”安先生面有不悦之色，“你怎么能这样说你妈妈？她不是那样的。”

“你又不认识我妈妈，你怎么知道她不是那样的？”

安先生沉默不语。他心里是有许多话想对戴安说，但他只能沉默不语。

第九章

七年级三班

暑假放完了，像往常的八月三十日一样，是学校报到的日子。

白果林小学正式改名为白果林学校，设置十二个年级，就是把小学六个年级，加上初中三个年级再加上高中三个年级，等于十二个年级。已经从原来的白果林小学毕业的学生直接升上去， 就是七年级的学生了。

在交通电台才做了不到两个月主持人

的米兰，又回到学校来，她还教原来的六三班，现在应该是七三班了。

学校门口贴出的通知是九点钟开始报到，可八点钟不到，学校门口已经围了一些学生，这些学生都是七三班的，都想早一点来，早一点见到米兰。

李小俊一来，就拿眼睛到处找戴安。他见肥猫他们几个勾肩搭背围成一团，心想戴安一定在他们中间。走近一看，戴安果然正蹲在地上检查她的自行车，李小俊一颗悬吊的心，终于踏踏实实地放了下来。

戴安的自行车，前轮胎的气跑完了，几个坏小子七嘴八舌，都说车胎被扎了。

豆芽儿假充内行："轮胎蔫成这样，肯定不止一个洞。"

"对，可能有三个洞。"

"不，最多两个洞。"

"我们来打赌，到底几个洞？"

兔巴哥很动脑筋的样子："这眼睛又看不见，怎么知道有几个洞呢？"

肥猫拍一下兔巴哥的后脑勺："所以说你是兔脑壳，脑花儿少。把车推到修车铺，修车师傅把内胎抠出来，打起气，浸在水盆里，咕嘟咕嘟冒泡的地方就是洞。有几个地方咕嘟，就有几个洞。"

肥猫赌性最大，马上就要推车到修车铺去。

“让我来看看。”

李小俊蹲在戴安身边，拔开气门心，一看是气门心漏气了。

肥猫他们打赌不成，回头看守校门的“老鱼头”十分警惕地鼓着一对白多黑少的鱼眼睛，一直在提防着他们，便又过去逗“老鱼头”玩去了。

只剩下戴安和李小俊了。李小俊装模作样地捣鼓着气门心，实为掩人耳目。

李小俊问戴安：“你妈怎么又同意了？”

“我也不知道。”戴安说，“还是她主动开口的。”

戴安以为这是她小姨戴小竹的功劳，可这些日子，戴小竹整个心里都在那个狄夫身上，哪还顾得上她。

戴安要的是结果，至于她妈妈戴小荷为什么会突然开窍，她也懒得问了。

裸体男孩

原来六三班的同学，该来的差不多都来了。不该来的，比如袁小珠，她不是到深圳去读中学了吗？怎么也来了？

袁小珠长着一张哭笑不得的脸，用米老鼠的话说，长着一张抽象的脸。但袁小珠的男生缘很好。对她，男生们完全可以真实地表现自己的喜怒哀乐，不像对艾薇、夏雪儿那样的女生，会遮遮掩掩。

“是罗莉娜打电话告诉我的。”袁小珠在笑，她一笑起来眉毛就往下垮，样子倒像在哭。“我听说米兰老师

还教我们班，就不顾一切地回来了。”

“幸好你回来了，你再不回来，我们就到深圳找你去了。”

豆芽儿说得像真的。袁小珠早已习惯了他们话中的真真假假，不知道她脸上的表情是哭还是笑。而他们也早已看惯了她这种哭笑不得的表情，也没有谁觉得她可笑。

八点三十分，“老鱼头”哗的一声开了学校的大门。他看看鱼贯而入的学生大多都是七三班的，嘴里嘀嘀咕咕：“就数你们来得最早！”

刚进校门时，没觉得学校有多大变化。一拐弯，变化就大了。

这里原来是电教室，因为新建了一幢多媒体教学大楼，原来的电教室便成了多余的，把它拆了，挖了一个喷水池。

男生们一看那水池中的雕像，再看那喷水的地方，先是傻了，接着便傻笑。

女生们蒙了眼睛，一声声尖叫此起彼伏。

戴安最讨厌女生们这大惊小怪的德行，她只是想表示她对这些蒙了眼睛、发出尖叫的女生们的蔑视，她径直走到喷水池边，勇敢地直面着那尊雕像。

那是一个裸体的男孩子，正在撒尿。一股清亮的

水，从他的……书面语言叫生殖器，口头语言叫小鸡鸡那里喷出来，喷成一个美丽的、闪现着虹影的弧形，溅起大珠小珠落玉般的水声。

戴安的这一“壮举”，男生们先是惊呆，然后开始起哄：“戴安，闭眼！快闭眼！”

戴安目光坚定。

“戴安，你看了不该看的东西，眼睛会长麦粒肿。”

戴安一动不动，十分专注地看着那个撒尿的男孩。

围观的同学越来越多，有高年级的，也有低年级的。

那些蒙眼睛、尖声叫的女生，渐渐地把手从眼睛那里拿开，安静下来；那些起哄的男生，见戴安一脸正气，自觉无趣，也不再闹了。

这时，不知是谁轻轻地叫了声：“米老师！”

大家回头一看，其实米兰已在他们身后站了好一会儿了。

撒尿的小英雄

米兰还像肥猫他们四个坏小子第一次在肯德基店遇见时那样子，长发飘飘，穿一条石磨蓝低腰牛仔裤，松松地系一条黑色的宽皮带，上身穿一件纯白的短袖T恤。浑身上下，清清爽爽，只在手腕上戴了一个牛骨的藏式手镯。

米兰走到戴安的身边，一只手挺随意地搭在戴安的肩上。戴安比她还高一点点。

“戴安，你觉得这雕像怎么样？”

“挺好！”戴安故意大声地，“挺好的！”

又响起一阵起哄声，夹杂着尖锐的口哨声。

其实戴安并没有看出这尊雕像有什么好来。她盯着这个裸体的、撒尿的男孩子看，看得目不转睛，无非是想证明自己跟那些大惊大怪、装模作样的女生不一样。

戴安昂着头，挑战似的迎着各种各样的目光。坦白说，这时她心里也在犯嘀咕：为什么要塑这么一座雕像？

米兰指着那个裸体男孩问大家："有没有人知道这个男孩是谁？"

没有人回答米兰的问题。

李小俊模模糊糊地知道一点，好像这是一个比利时男孩，仅此而已。

"好吧，现在我就来给大家讲讲这个男孩子。"米兰招呼大家围拢一点，"这就算七年级给你们上的第一堂课。"

"这个男孩是个比利时人，他的名字叫于廉……"

米兰刚开口讲，豆芽儿就开始接嘴："比利时男孩跟我们有什么关系呀？凭什么要在我们学校给他塑个像！"

米老鼠附和道："就是，还光着屁股，连内裤都不穿。"

米兰继续讲道："比利时的首都是布鲁塞尔。有一次，强盗想炸毁布鲁塞尔这个城市，将炸药放在市政厅的地下

室里，点着了导火线。火花像火虫一般飞快地向炸药包爬去，正好被小于廉发现了，他想用水浇灭火线上的火花，可是打水的地方太远，等把水打来，炸药包早爆炸了。怎么办？小于廉灵机一动，有办法了！他调皮地解开裤子，一泡尿哗哗地撒在导火线上。火花被浇熄了，布鲁塞尔这座城市保住了，全城的老百姓得救了。比利时人民非常感谢小于廉，为了纪念这个小英雄，就给他塑了一座铜像。如今，小于廉光着身子站在那儿，已经三百多年了……”

豆芽儿是想出风头，特别是有女生在的场合，总想引起女生对他的注意。

肥猫是聚精会神地听完了这个故事。他琢磨这个故事有点问题：“米老师，你讲的这个故事是真实的，还是传说的？”

“你有什么问题吗？”

“这个叫小于廉的男孩子，他怎么会一个人跑到市政厅的地下室去？”

“人家去玩呗。”米老鼠说，“地下室里藏猫猫，好玩死了。”

肥猫在心里说米老鼠幼稚。他还有问题：“更差强人意的是，需要水浇灭导火线，没有水，小于廉想到了尿。那尿是想有就有的吗？至少要憋一会儿吧？”

“就是就是。”豆芽儿立即联想到一件跟尿有关系的事，“你们都知道，我爸爸是搞摄影的。有一次，我跟我爸爸去拍一片葵花地，见一株葵花的花盘老是耷拉着，我就想是不是地里的肥料不够？当时，我很想撒泡尿给它增加一点养料，憋了半天，也没撒出一滴来……”

米老鼠叽叽地笑起来：“你的尿都尿到床上了，当然在葵花地里就撒不出来了。”

豆芽儿有尿床的毛病，虽然全班的男生女生，包括米兰老师都知道，但这样当众被人揭短，还是让他无地自容。

“米奇，你怎么……”

“米奇”是米老鼠的大名。米兰显然是生气了。每当她生气的时候，她的话就会意犹未尽，未尽的意思是让你去反省，去自责。

米老鼠马上知道自己错了，闭上了他的嘴巴。

言归正传。米兰的话题重新回到那个裸体的、正在撒尿的男孩子的身上：“不管这个故事是真实的，还是传说的，我觉得重要的是这尊雕像所体现的精神。他是一种象征。你们说说看，他象征着什么？”

大家开始用另一种目光，来重新审视这尊雕像。女生们也不再扭扭捏捏，装模作样，她们终于可以大大方方、坦坦然然地抬起眼睛，来正视这个裸体男孩了。

裸体男孩披上床单

开学没几天，白果林学校就发生了一件很离奇的事件，有人在夜里，偷偷给喷水池那个光着屁股撒尿的男孩，披上了一张大花床单，把男孩的裸体遮得严严实实，只有撒尿的那个部位还露在外面。

听了这个叫于廉的比利时男孩撒一泡尿救了全城人民的故事后，无论是高年级的学生，还是低年级的学生，都已经坦然地接受了这个一脸调皮相的光屁股男孩。

现在，这个光屁股男孩披上了床单，又引起了学生们的好奇心。

喷水池边，里三层外三层围了许多人。

像这种热闹，肥猫他们几个是一定要凑的。

有一个低年级的小女生问另一个小女生：“为什么小

哥哥要披床单？”

那个小女生用背诵课文的语气回答：“秋天到了，天气凉了，小哥哥怕冷，所以披上了床单。”

“错也！”豆芽儿把头伸在两个小女生的中间，“小哥哥不是怕冷，是怕羞。”

“嘎！嘎！嘎！”

肥猫笑得身上的肥肉乱颤。一边笑，一边拿眼睛去看夏雪儿。

“讨厌！”

夏雪儿根本不理肥猫。她对戴安说：“这是谁干的？还挺幽默的。”

“肯定是‘老鱼头’干的。”米老鼠挺神秘的样子，“这种事情只能在晚上干，晚上学校里除了‘老鱼头’，就没有别人，不是他，还会是谁？”

米老鼠的分析有道理。

一行人浩浩荡荡去找“老鱼头”。

“老鱼头”老远就见他们来了，以为他们要出校门，警惕地严阵以待。

“老鱼头”用吼戏的高嗓门吼道：“不许出校门！快回教室里去！”

跟“老鱼头”打交道，一般是豆芽儿出面，因为他可以嘻皮笑脸，甜言蜜语。

“‘老鱼头’大爷，你喜欢喷水池里的那座塑像吗？”

“不喜欢，很多家长也不喜欢。都说塑什么像不好呀，偏要弄一个光屁股小子，还两手端着小鸡鸡撒尿，人家有女孩的家长，都让自己的孩子打那经过闭眼睛。”

“所以，你给他盖上一块布。”

豆芽儿这是在给“老鱼头”下套，“老鱼头”还没反应过来，教导处的秦主任来了，毫无表情地吩咐“老鱼头”：“白校长让你去把盖在孩子身上的那块布取下来。”

秦主任说完就走。

“老鱼头”嘴里嘀嘀咕咕：“这白校长到底年轻，喜欢搞些洋玩意儿，如果是老姜校长……”

其实，要在喷水池里塑撒尿的男孩像，是安先生的主意。他说欧洲许多国家的学校，都塑这个像，特别有教育意义，还有人体的美感，还有喷水的功能。白校长十分赞同安先生的观点，双方一拍即合，塑了这座引起哗然的光屁股撒尿的男孩像。

“老鱼头”找了根长竹竿，扛到喷水池边。那叫小于廉的男孩是站在池子中间撒尿的，池中离池边有好几米的距离，“老鱼头”的竹竿显然够不着。

“我下去取！”

戴安迅速地脱鞋，把裤子挽到大腿上，跳进了池子里，池子里的水很浅，只淹到戴安的小腿。

几个坏小子都在水池边拼命地喊："戴安，游蛙泳游过去！"

"戴安，潜水潜过去！"

戴安蹚到塑像跟前，一把扯下披在裸体男孩身上的那块床单。

几个坏小子又在起哄了："戴安，干得好！"

戴安把床单团在手中，蹚回池边。

戴安把床单交给"老鱼头"。

李小俊不知从什么地方冒出来，抢过戴安手中的床单，仔细地辨认着。床单上印着各种姿态的卡通熊，在床单的一个边角，李小俊找到一个手绣的"L"。

给裸体男孩披上床单的人

在戴安的追问下，李小俊承认那张印着卡通熊的床单是他家的。

戴安搞不懂了："你家的床单，怎么会……哦，会不会是你妈……"

戴安见过李小俊的妈妈。她是一个已经发胖、把头发烫成小卷卷的中年妇女。她经常到学校里

来，手里永远端着一个有盖儿的玻璃杯，里面泡着花旗参茶，走到哪儿喝到哪儿，所以精神抖擞，中气十足。

“肯定是她干的！”

李小俊恨道。

戴安安慰李小俊：“其实，你妈妈挺幽默的，啊？”

“你觉得幽默吗？”李小俊突然对着戴安大声咆哮道：“不幽默！一点都不幽默！”

李小俊从来不敢对戴安耍这样的态度。连正和“老鱼头”逗趣的肥猫都听见了李小俊的咆哮声。

见肥猫他们几个过来，李小俊拿着床单跑了。

“他怎么拿着床单？”肥猫问戴安，“难道是李小俊干的？”

豆芽儿快嘴快舌：“假女子本来就变态。”

戴安瞪了豆芽儿一眼：“闭嘴！”

豆芽儿赶紧闭嘴。

“我告诉你们，不是李小俊，是李小俊的妈妈干的。李小俊是个很要面子的人，所以你们不要在他面前再提起这件事。”

“哈哈，李小俊的妈妈？”肥猫觉得好笑，“她做的狮子头挺好吃的。”

肥猫曾经在李小俊家里吃过饭，对李小俊妈妈做的狮子头印象深刻。他一般对会做菜的人都抱有好感，所

以对李小俊的妈妈也抱有好感。

但是，他们都以为，用床单遮盖裸体男孩的人是家长，也应该是一个女生的家长，为什么会是李小俊的妈妈？她是出于一种什么心态？

放学回到家里，李小俊从书包里抽出那张床单来，摔在他妈妈面前："瞧你做的好事！"

李小俊妈妈不惊不诧："你把它拿下来了？"

"是白校长叫人拿下来的。"

"你们白校长什么都好，就一点不好，爱出风头。学校是一个讲文明的地方，要塑像，就塑一个小英雄的像，比如宁死不屈的刘胡兰，再比如那个放羊的王二小，为什么偏偏要塑一个光屁股撒尿的小子？瞧他一脸坏相，两只手还端着他那个……啧啧啧，简直就是个小流氓，你说学校那么多女生在他身边走来走去，天天看着他，心思还不歪？心思一歪，就会来打你们这些男孩子的主意。你又是男孩子当中最漂亮的，最直接的受害者就是你了，所以……"

所以，昨晚李小俊的妈妈用一些小恩小惠就转移了守门的"老鱼头"的注意，潜入学校，做出这件在全校引起哗然的事情。

"妈妈，你真无知，我们米老师说，这个撒尿的男孩也是小英雄，而且是世界闻名的小英雄。"

李小俊把米兰老师讲的“小于廉的故事”，又给他妈妈讲了一遍。李小俊妈妈承认这个撒尿的孩子是个小英雄，但她想不通的是：即便是小英雄，也不应该在光天化日之下光着屁股，至少要给他穿一条小裤衩把那个部位遮一遮。

李小俊说，把那个部位遮了，又怎么撒尿呢？

第十章

校长助理

白果林学校成功改制后，原来的白副校长成了白校长；原来的老姜校长成了校长顾问。不过，据消息灵通人士罗莉娜的可靠消息，不论是校长，还是校长顾问，最终都得听校董的。因为白果林学校成为股份制学校后，董事长才是学校真正的老大。

这个神秘的"校董"，至今还没在学校公开露过面。但他像隐形人似的在学

校里游荡，让人们无时无刻不感觉到他的存在。

罗莉娜又在发布最新消息了：“学校要成立校长助理团，要在每班选一名助理。”

肥猫问：“校长助理是多大的官儿？”

罗莉娜信口开河：“比白校长小，比李小俊大。”

李小俊刚被选为七三班的班长。

“这官儿不大不小的，当不当都无所谓。”

“肥猫，又没人选你，你在那里摆什么谱？”

戴安走过来，一只手搭在肥猫的肩上。

有戴安在，肥猫不敢太嚣张。“校长助理”听起来挺体面的，肥猫的爸爸就是一个官迷，如果肥猫当了校长助理，回去显摆，说不定还能镇住他老爸呢。所以，肥猫还是想当校长助理。

校长助理要民主选举，不是谁想当就可以当的。米兰老师专门用了半节课来讲这个校长助理，听完以后，肥猫想当校长助理的“野心”已经荡然无存。

“校长助理要履行的职责是什么呢？”米兰老师讲道，“首先他要负责把同学们的心声传递给校长，还要为校长出谋划策，也就是提出一些合理的建议，一旦这些建议被采纳后，就要监督校长的执行情况。”

“有点像外国的参议院或者国会议员。”

豆芽儿不放过任何一个卖弄自己知识渊博的机会。

米兰老师又讲了要做校长助理必须具备的条件：这个人必须有强烈的正义感和责任心；这个人一定是铁面无私和敢作敢为的；这个人无论是在男生当中，还是女生当中，都具有很高的威望。

就这三个条件，已经让许多有自知之明的人打消了刚才的念头。肥猫便是这许多自知之明的人之中的一个。

民主选举采取的是无记名投票的方式，结果当场便出来了。全班四十八人，戴安以四十一票的绝对优势，当选为七三班的校长助理。

这个结果是戴安没有想到的，但却在情理之中。想想看，要把米兰老师刚才说的那三个条件兼备一身的人，没有比戴安更合适的人选了。

“戴助理！戴助理！我们现在就有话说。”

米老鼠把手高高举起来。

戴安也不客气，她拿出笔和一个小本子：“有话就说！不许起哄，一个一个地说。”

戴安命令不许起哄，就没人敢起哄。

戴安在小本子上把同学们的心声都一条一条记录下来：

① 取消周考、月考，最好把期中考试都取

消，只在期终作个测验，最好不打分数，打A、B、C、D四个等级。

② 取消排名，最好不公布成绩，这也属于学生隐私。

③ 建议给任课老师打分，如果有班上一半以上的学生对任课老师不满意，学校应考虑换老师。

④ 建议每个教室添置一台饮水机。

⑤ 建议男生女生不要穿一样的校服，男女有别，男生穿裤子，女生穿裙子。

记到这一条时，戴安抬起头来，瞪了一眼提这条建议的罗莉娜。前几条建议她都同意，就这一条，她不同意。她从来不穿裙子，她最讨厌穿裙子。

“我觉得现在的校服挺好的。”

“我们觉得不好。”罗莉娜说，“身上一点线条都没有，远远看去，根本分不清是男生还是女生，你们说是不是？”

有好几个女生都附和，这其中包括艾薇。

即便戴安心里有一千个不愿意，一万个不愿意，可她现在的身份是校长助理，必须大公无私，所以还是把罗莉娜的建议，一丝不苟地写在小本子上。

对裙子说长道短

在第一次校长助理的会上，戴安把从七三班收集来的意见，一条一条都在会上提了出来，让白校长领教了米兰老师教的学生的“厉害”。前面的几条意见，比如“取消周考、月考、期中考……”再比如“取消排名次”，再比如“给任课老师打分”，实在太尖锐，尖锐得让坐在白校长身边的老姜校长，现在是老姜顾问，秃顶上直冒汗。老姜顾

问掏出雪白的手帕，不停地抹着他头顶上的汗。

白校长还是有点魄力，虽然对那几条尖锐又敏感的意见，他不能马上作出回应，其他的意见，他还是可以马上回应的。比如“教室里的饮水机”，再比如“男生女生的校服”……

白校长做事情雷厉风行。几乎没有任何拖延，全校每个教室里都出现了一台饮水机，还配有消毒纸杯。

也几乎没有任何拖延，在一个下午，戴安被通知到校长办公室，去领几张彩色的校服设计图样，拿回班里征求意见。

戴安刚把几张设计图贴在黑板上，男生们便一拥而上。他们不对男生的校服发表议论，却为女生的裙子争论不休。

女生的裙子有三款：样式都是宽褶子裙，只是长短不一样。有长到小腿肚那里的，有刚到膝盖那里的，还有在膝盖上的。

男生们都说要穿就穿超短裙，穿到膝盖的、到小腿肚的，像中年妇女。

戴安命令他们闭嘴，不准他们说女生的裙子，只准他们说男生的校服样式。

“我们穿什么都无所谓。”豆芽儿又要开了贫嘴，“只要女生们穿漂亮了，我们看着养眼，心里就舒坦了。你说是不是，兔巴哥？”

兔巴哥冷不丁被豆芽儿问，一时不知所措，慌乱中去看艾薇，脸一下子红了，连耳朵也是鲜红的。

“兔巴哥，你看人家艾薇干什么？”肥猫要拿兔巴哥开心，“你说，艾薇穿哪一条好看？是不是这一条？”

肥猫指的是最短的那一条。

米老鼠突然冒出一句：“戴助理，你穿上裙子会是什么样子？”

“嘎！嘎！嘎！”

肥猫疯狂地笑。

“吱吱吱！”

豆芽儿笑得脖子上的青筋暴绽。

他们都没有见过戴安穿裙子，他们在想象戴安穿裙子的样子。

“戴助理，等你穿上裙子的那一天，我们一定给你开一个庆祝会。”

戴安一手揪住肥猫的耳朵，一手揪住豆芽儿的耳朵，双手向上一拧，他们俩便踮起足尖，跳起了双人芭蕾。

“哎哟哟喂——戴大侠手下留情！”

“戴安饶命——哎哟哎哟！”

肥猫和豆芽儿歪牙咧嘴，鬼哭狼嚎般地叫。

戴安慢条斯理地问他们：“还想不想看我穿裙子？”

“不想不想。”

“打死我也不看。”

戴安放开肥猫和豆芽儿。眼看着肥猫和豆芽儿刚受完刑，没有哪个男生再敢在戴安面前对女生的裙子说长道短，都知趣地散开，让女生们自己来说自己的裙子。

女生们围拢来，袁小珠最兴奋，长、中、短三款裙子，看来看去，她都不知道到底哪款好了。

“这条可以，这条也可以。”

袁小珠最后指的是那条长的。

“你刚才没听男生们说呀？”罗莉娜说，“这么长的裙子穿在身上，像中年妇女。”

“男生们说的，我们也要听呀？”

“当然要听！”罗莉娜煞有介事的样子，“我们穿在身上，他们说不好看，那不是影响我们的情绪吗？”

“好啦好啦，闲话少说，举手表决吧！”

大多数女生都选择了短裙。

纵然戴安心里有一千个不愿意，一万个不愿意，但她明白自己目前的身份，校长助理是不能徇私舞弊的，所以她还是在那款短裙旁边画了一个圈儿，报到校长办公室。

戴安穿裙子

白果林的秋天，像一幅浓彩的油画，银杏树上的叶子都黄了，在秋风中轻轻地哗啦哗啦。

白果林学校的学生换上了统一的秋装。男生的秋装是深蓝色的棉麻针织衫，V形领上镶两道耀眼的白边，下面配深蓝色的长裤。女生的上衣跟男生一样，只是下面配深蓝色的短裙，宽褶的，裙裾镶两道耀眼的白边。

其实这套裙装穿在戴安的身上挺好看的，连她那做服装设计师的妈妈戴小荷都这么说。棉麻衫的质地非常柔软，婀娜有致地凸出戴安那已经开始发育的身体线条。还有那宽褶短裙，把戴安那两条结实的、笔直的长腿恰到好处地显露出来。

穿着裙子，戴安浑身不自在，好像身体都不是自己的了。她刚往沙发上一坐，她妈妈戴小荷便说了："穿了裙子要特别注意坐姿，你这样坐，太不雅观了。"

戴安问她妈妈怎么坐才雅观，戴小荷就做了样子给她看。坐下来时，先要用手按在臀部那里，确定臀部是不是坐在裙子上。

一听到这里，戴安就笑起来。她低头检查她的裙子，现在她的臀部就没坐在裙子上，裙子犹如一朵盛开的花，散开在沙发上。

戴安照戴小荷说的那样，用手按着裙子贴在臀部上坐下来。

戴小荷又说了，穿着裙子，无论坐沙发，还是坐椅子，都不能坐满，只能坐三分之一，还得将两腿交叉起来往后缩，不能分开，也不能往前伸。

戴小荷又做了样子给戴安看。其实，戴小荷平时的坐姿就是这样的，看一个女人是不是举止优雅，看的就是这些细节。

戴安觉得穿裙子好累。

穿着裙子的戴安，走路也不对了，她走路从来都是迈大步，肩膀两边摆，以前从来没人笑过她，现在谁见了她都笑。

那天，戴安和李小俊刚进校门，因为她和李小俊的个子都很高，所以引人注目。特别是那些小女生，都会盯着李小俊看。看了李小俊再看戴安，她们就捂着嘴巴笑。

“笑什么笑？”戴安心里生气，“李小俊，她们是在笑你？还是笑我？”

李小俊明知小女生笑的是戴安，但他不敢说。

“大概是笑我吧？”

“你有什么好笑的？”

戴安从头到脚把李小俊看一遍，没什么好笑的，特别是跟戴安在一起，李小俊身上一点点女相都没有。

李小俊试探着、小心翼翼地：“戴安，你走路时，肩膀能不能不要两边摆？”

“我从来都是这样走路的。”戴安的眉毛立起来，“李小俊，你是不是也觉得我走路的样子很可笑？”

“不是这样的，戴安。”李小俊心里怕极了，“只是你现在穿了裙子，但走路的样子还不太像女孩子。”

戴安的心里突然有点难过。如果换了别的男生对她

说这种话，她不会难过的，为什么李小俊说这种话，她会感到难过？

李小俊也感觉到了戴安的难过，戴安很少这样的。

“戴安，我没有别的意思。我以前身上有很多女孩子的习惯，你不是也经常说我吗？我觉得……好朋友应该……应该……”

李小俊语无伦次。

“别说了。”

戴安迈开大步向前走，把李小俊甩在后面。

“戴安！”

戴安转过身来，问李小俊什么事。

李小俊说：“你穿裙子很好看。”

我是女生

就是因为李小俊的那句话“你穿裙子很好看”，戴安暗下决心，不要再讨厌穿裙子。

因为戴安已经知道她穿着裙子走路的样子不好看，所以她突然变得不自信起来，走路时连怎么迈步都不会了。

平日里，只要戴安和肥猫、豆芽儿、米老鼠、兔巴哥在一块儿，就会勾肩搭背，你拉我扯，动手动脚的，现在

戴安穿了裙子，等于明明白白宣告：我是女生！肥猫他们几个也不好意思再跟她勾肩搭背，你拉我扯，动手动脚了。

看穿着裙子的戴安不会走路，肥猫他们开心死了。

“戴安，你走路的样子好好玩，像个木偶人。”

“戴安，现在我终于知道，你为什么从来不穿裙子。”

大家都问豆芽儿为什么。

“因为一穿上裙子，戴安的两条腿就变成了木棍，连路都不会走了。”

当然，愤怒的戴安会让过足了嘴瘾的豆芽儿，鬼哭狼嚎地跳上一段“芭蕾”。

四个坏小子缠上了戴安。戴安在前面走，他们就在后面学，排成一顺溜，米老鼠是个模仿天才，就他把戴安走路的样子，模仿得惟妙惟肖。

李小俊终于忍不住了，他冲上去，一个漂亮的直拳，米老鼠的鼻孔就出血了。

每次打架，米老鼠的鼻孔都会出血。只要一见血，不管是打架的人，还是看打架的人，斗志都会昂扬起来。

肥猫扑上来了，兔巴哥和豆芽儿都扑上来。他们是米老鼠的铁哥们儿，当然要为米老鼠出气了。

三对一，李小俊很快被打翻在地。

“都给我住手！”

戴安叫住手，都不得不住手。李小俊已被打得鼻青脸肿。早有人飞跑去报告了米兰老师，见米兰老师来了，米老鼠就用手去抹他鼻孔的血，抹得满脸都是，他觉得满脸是血的样子很悲壮。

故伎重演，大家看多了，觉得米老鼠一点都不悲壮，只是可笑而已。

戴安掏出一片湿巾，就像给小猫洗脸，把米老鼠的脸洗干净了。又掏出一片湿巾给李小俊，让他自己擦擦。

米兰问他们怎么打起来的，都说没事。

当然，米兰最终还是知道了他们是怎么打起来的。她不去追究他们，却在下午放学的时候找到戴安。

“你跟我来。”

戴安跟着米兰，她不知道米兰要把她带到哪里去。米兰的手上拿着一本厚厚的书，一卷黄色的封口胶带。

米兰把戴安带到舞蹈排练厅，一面墙上镶着大镜子，地板又滑又亮。

戴安不明白米兰为什么把她带到这儿来。

米兰让戴安朝着镜子走过去。

才走了几步，戴安就不好意思再走了。从镜子里看到自己走路的样子，脚往两边叉，肩往两边扭，真是惨不忍睹。

“你再看看我怎么走的。”

米兰两条手臂自然下垂，肩膀平平的，脚下踩着一字步，腰肢便微微地摆动起来。

对着大镜子，米兰走了几个来回。

“好看吗？”

“好看！”

“你马上也可以走成我这样子。”

米兰带来的那两样东西，马上派上了用场。她把黄色的封口胶带贴在地板上，从那面大镜子下面一直贴到镜子对面的墙根下，地板上便有了一条笔直的黄线。然后，她把那本厚厚的书，平放在戴安的头上。

“顶着这本书，肩膀放平，踩着这条黄线一直走到镜子那里去。”

刚走了几步，戴安头上顶着的那本书便掉了下来。

戴安的牛脾气上来了。她把书捡起来，顶在头上。这一次，坚持走到了镜子跟前。

“好啦！”米兰把戴安头上顶着的书拿下来，“你回家就照这样子练，要不了三天，我保证你的一字步，走得比模特儿还标准。”

第十一章

白果林的秋天

在一个下午放学的时候，戴安独自走在深秋的白果林里，安先生出现了。他像从天而降，他是突然出现在戴安面前的。

“嗨，戴安！”

“哦，是你？”

安先生穿着黑色的长风衣，衣领竖起来，这种成熟男人的酷，曾多次出现在戴安的幻想里——戴安

对她爸爸的幻想，她幻想在秋天，她爸爸穿一件黑色的长风衣。

安先生装作不期而遇的样子，其实他经常在戴安放学的时候，出没在一个他能看见戴安、戴安却看不见他的地方。

“戴安，我们有好些日子不见了！”

戴安却没有久别重逢的感觉。她每天至少会有一次想起安先生，一个天天想起的、在某一天里见到了，没有惊喜，没有意外，就像昨天才见过他。

戴安不过是随便问问：“你捡白果了吗？”

安先生奇怪了：“你怎么知道我捡了白果？”

安先生从黑色风衣的衣袋里掏出一个小塑料袋，里面装着几粒白果。

安先生抬头看看黄叶飘零的银杏树：“现在正是结果的时候，树上的果子都哪儿去了。”

“都被园林工人用竿子打下来收走了。”戴安说，“记得我们小时候，每当秋天的时候，树上的叶子落了，结满了果子，果子落在地上，我们上学放学的路上，都会去捡。那时候，校门口放一个大竹筐，我们把捡来的白果都放进竹筐里，叫‘颗粒归公’。”

安先生问：“有没有不归公的？”

“也有。比如我们班的那四个坏小子，他们把捡来的白果烤着吃，据说是世界上独一无二的美味，后来被人揭发了，告到老姜校长那里去，老姜校长让他们在全校作检讨，他们都作了深刻的检讨，还把烤白果的过程、白果的味道添油加醋地描述得活灵活现，特别是当他们描述到烤白果的味道很软、很糯，还有一股特别的清香时，很多同学的口水当场就流了下来。从此以后，学校可能是怕那些流口水的同学都捡了白果偷偷烤着吃，就不再让学生捡白果了，让环卫工人全部

收走。我现在想起他们说的烤白果的味道，还想流口水。”

“我也想流口水。”安先生把那几颗白果摊在手心里，“我有打火机，我们把这几颗白果烤着吃了吧！”

这时候的安先生像个馋嘴的大男孩，戴安对他又增添了几分亲近感。

戴安和安先生并肩走在白果林里，落叶飘零，犹如飞舞的黄蝴蝶。

戴安和安先生只是默默地走，听见踩在脚下的黄叶沙沙地响。

戴安斜过眼睛，悄悄地看安先生。他两手插在黑风衣的衣袋里，竖起的衣领衬托出他那好看的下巴，戴安又想起她的小姨戴小竹经常挂在嘴边的“优雅的下巴”。“如果李小俊也有一个这样的下巴……”戴安的脸微微一热，她奇怪自己为什么会突然联想到李小俊的下巴？

不知安先生是不是发现了戴安在偷偷看他，他突然转过身来，把戴安从头到脚看了一遍，好像发现了新大陆：“戴安，有没有人说你穿裙子很好看？”

有，李小俊说过。但是，戴安没有吭声。

戴安告诉安先生，她如果不是校长助理，要以身作则，她才不会穿裙子呢。

“你当校长助理啦？”

安先生好像很高兴的样子。

戴安一脸不屑："一个芝麻官，人微言轻。像这类女生穿校裙的提议，学校是雷厉风行，说改就改。但是，最重要的一些提议，比如取消周考、月考、半期考，取消排名，学生给任课老师打分，学校便一拖再拖。"

"不会再拖了。"

这话是什么意思？戴安不解地看着安先生，安先生自觉失言，忙用别的话岔开了。

不知不觉，天已经黑了。

安先生要送戴安回家，戴安没有拒绝。

奇怪的是，根本不用戴安指点，安先生完全知道该往哪走。在戴安家的那条街口，安先生站住了，匆匆地和戴安告别 ，匆匆地消失在夜色里。

孤独的心

戴安回头看看，安先生已无影无踪。她觉得安先生像知道她住什么地方，她又觉得这时的安先生好像怕别人发现他和她在一起，所以离开她的时候像逃跑。

戴安回到家里，客厅里没有开灯。她以为家里没人，一摁开关，枝形吊灯照亮了整个客厅，她妈妈戴小荷正坐在沙发上，把戴安吓了一跳。

“妈妈，你怎么不开灯？”

自从戴小荷从戴安外婆的老家回来后，戴安就觉得她好像变了一个人似的，变得不可理喻，变得疑心重重，变得神经兮兮。

戴小荷眼睛不看戴安，语气冷冷地：“放学了，为什么不直接回家？”

“有点事。”

“什么事？”戴小荷提高了音量，单薄而尖利，“你是不是和一个陌生人在一起？”

戴安愤怒了：“你在跟踪我？”

戴小荷也是偶然遇见的。她从超市买了酸奶回来，在街口看见戴安和安先生正在告别。这样的情景，差点让戴小荷晕过去，她的心空空荡荡，仿佛已经失去了戴安。

戴小荷跌跌撞撞跑回家，那种怕失去戴安的恐惧感，让她完全失去了理智。

“戴安，你一定要答应我，不要再跟那个人见面了。”

戴安明知故问：“哪个人？”

“就是刚才和你在一起的人。”

“他又不是坏人。”

可是对戴小荷来说，这个不是坏人的人，比坏人更

加可怕。戴小荷一直在怀疑他这次回国的动机，包括他在白果林学校投资办学，戴小荷怀疑他都是冲着戴安来的，目的就只有一个，要把戴安从她身边抢走。

戴安没有答应戴小荷，她觉得戴小荷在无理取闹。

戴安从家里冲了出去。

这个城市已经是万家灯火。

街上都是晚归的车辆和行人，街两旁的楼房，窗口都有温暖的灯光透出来。想象中的灯光下，还会有一桌丰盛的晚餐。

戴安缩起双肩，打了个寒颤。秋天的晚风吹在身上好冷。

戴安漫无目的地沿着街边走，她不知道自己要到哪儿去。

孤独的戴安，很想找个人来听她说点什么，她的心已被纷乱的心事塞得太满。

戴安掏出身上的IP卡，街对面就有一个IP电话亭。

戴安过了马路，把自己关进电话亭里，插入IP卡，随便摁了几个数字，电话通了，戴安这才意识到她接通了李小俊家的电话。

是李小俊的妈妈接的电话。她用审问的口吻，问戴安找李小俊有什么事。

戴安说："我有急事。"

“什么事这么急？不能明天到学校里去说吗？”

李小俊妈妈十分不情愿地把电话给了李小俊。

李小俊已经知道是戴安的电话。他接过他妈妈递给他的话筒，希望他妈妈能走开一下，可他妈妈偏不走，就在一旁盯着他。

“戴安，什么事？”

戴安习惯了命令李小俊：“你马上来见我。”

李小俊看了一眼他妈妈，她正偏着头，把一只耳朵往话筒那里凑。

李小俊把话筒从他妈妈耳朵那里移开一点：“在哪里？”

戴安在亭子里四下张望，几串红灯笼映入她的眼帘，一座小吃城，花窗里透出黄澄澄的灯光，完全就是一种温暖的暗示， 对既孤独又饥饿的戴安来说，简直就是一种不可抗拒的诱惑。

戴安对李小俊说，在小吃城见。

李小俊对他妈妈说，他要出去一会儿。他妈妈不置可否，只是意味深长地看着他。

李小俊拿了自行车钥匙出了门。他妈妈习惯性地跟了出去。

“妈妈，你不会去跟踪我吧？”

李小俊妈妈想，李小俊要去见的是戴安，一个假小子，自信她跟李小俊不会有什么事儿，便放心地退了回去。

李小俊心中的疑团

戴安坐在靠窗边的桌子旁。她头上吊着一盏草编灯，把她笼罩在一团柔和的灯光里，将戴安那本来显得比较硬的脸部线条，照得柔和了许多。

李小俊早就看见戴安了，他放好自行车，径直走来坐在戴安的对面。

“戴安，我来啦！”李小俊一

坐下来就问，“什么事？”

“没什么事。”

“没事你让我来干什么？”

“没事就不能让你来吗？”戴安双手一拍桌子，“我心里烦！”

邻座的人都扭过头来看他们。李小俊赶紧把桌上的一杯鲜柠檬水递给戴安。戴安咕咚咚喝了几口，心里不像刚才那么烦躁了。

“戴安，你要吃什么？我去给你买。”

戴安这才感到肚子真有点饿了。

“我要炸春卷、南瓜饼、蛋烘糕、小笼包、竹筒腊肉饭……”

李小俊打断戴安：“你吃这么多呀？”

戴安凶巴巴地说：“我们AA制。”

“我不吃。”李小俊说，“我吃过了。”

“我自己去买。”

李小俊站起来，把戴安拉回座位上，大步向收银台走去。

不一会儿，戴安的面前便摆上了几个小碟。其实，她要的不是太多，因为每一样都只有一点点。

“李小俊，你说我妈妈怎么啦？她现在跟以前完全像两个人。”

在李小俊的印象中，戴安的妈妈超凡脱俗，特别是那气质，他妈妈、还有许多同学的妈妈根本没法相比。

“我不就是跟安先生说了一会儿话吗？她就不依不饶的，还让我保证，保证今后不要再见安先生。”

“就为这事，你就跟你妈妈赌气呀？”

“我妈以前不是这样的，她挺开明的，通情达理。哎，李小俊……”戴安有些紧张的样子，“你说我妈是不是到了更年期？”

戴安已经是第二次跟李小俊讨论她妈妈是不是到了更年期。

戴安说：“我听说女人到了更年期，脾气就会变得怪怪的，喜怒无常，爱猜疑，什么事情都往坏处想……”

李小俊看过这方面的书。他问戴安：“你妈妈多少岁？”

“三十七岁。”

李小俊就笑起来：“离更年期还早着呢！”

戴安不许李小俊笑：“李小俊，怎么女人的这些事情，你也知道？”

“不是你问我的吗？”李小俊问了戴安一个大胆的问题：“戴安，你有没有想过，你妈妈她认识安先生？”

“不可能。”戴安十分肯定地回答，“人家安先生刚从国外回来，我妈妈怎么可能认识他呢？”

李小俊盯着戴安的下巴，那下巴的中间有一道浅浅的痕，他想起了安先生的下巴，那中间也有一道痕，那是一道深深的痕。

从见到安先生的第一眼，李小俊就有一种感觉：安先生和戴安之间，有一种天然的联系。

戴安把心中的烦恼倾吐了，把几碟小吃也吃完了，心情一点一点好起来。

戴安站起来，向收银台走去。

李小俊问："你还没有吃饱？"

"我给妈妈买点回去。"

戴安提着几样她妈妈爱吃的小吃，在小吃城门前跟李小俊告别。

"谢谢你，李小俊。我也不知道为什么，一拨电话，就是你家的，浪费了你一个晚上的时间。"

李小俊无可奈何地自己调侃自己："我很荣幸。"

完美的女人

厨房里冷锅冷灶，戴安便知道妈妈没做饭吃。

戴安把买回来的小吃，一样一样拿出来，装在精致的瓷盘里，这也是戴小荷多年养成的习惯，再好吃的食品，一定要装在好看的瓷器里，她才吃得下去。

戴安端着托盘，轻手轻脚地上了楼。

戴小荷房间的门紧紧关着，那只老猫端端正正坐在门边，一副侧耳倾听的样子，戴安就知道她妈妈在房间里，而且在放蔡琴的歌。

戴安将耳朵贴在门上听，里面果然有蔡琴回肠荡气的歌声，老猫只听蔡琴的歌。

门没有锁，轻轻一扭便开了。

戴小荷躺在摇摇椅上，闭着双眼，脸上有两道闪亮的泪痕。

戴安心里有点内疚。她知道，是她惹妈妈伤心了。她装作什么事情都没发生的样子："妈妈，我给你买了你爱吃的小吃，有烧卖、麻元，还有三大炮。"

戴小荷坐起身来。刚才，她一直在担心戴安，也生自己的气。现在，戴安回来了，还给她买了她喜欢的小吃，戴小荷又哭起来。

"对不起，戴安……"

看见戴小荷这样，戴安反而不知所措。在她的记忆中，她妈妈很少哭的。记得小时候，她夜里发高烧，妈妈背着她，在漆黑的夜里奔跑，街上没有一个人，离医院还有一大半的路，妈妈就背不动她了。妈妈把她放在地上，牵着她滚烫的手往前走。那一次，戴安看见妈妈流泪了，妈妈说："对不起，戴安。"那样的夜晚，让戴安感到害怕，她说如果爸爸在，再黑的夜，她都不怕。妈妈却说，只要妈妈在，你什么都不用怕。

戴安第一次把自己的头发剪成男式短发，戴小荷也哭了，她还动手打了戴安，也是惟一的一次打戴安。她一边打一边问："你以后还剪不剪？"

任戴小荷怎么打，戴安都不哭："还剪！还剪！我要把自己变成男的，保护你们三个女的。"

这个家里没有一个男人。外婆、小姨、妈妈都是女的。女人，需要男人的保护，所以戴安以为剪了头发，就可以把自己变成男人。

戴小荷抱住戴安，泪流满面。她说："对不起，戴安。"

在戴安的记忆中，戴小荷就流过这么两次泪，今天，是第三次。

戴安看着戴小荷吃掉了四只蒸烧卖、两个麻元和一碟浇了红糖汁的三大炮，她知道戴小荷的气消了，便又调皮起来。

"妈，你现在不会后悔生了我吧？"

"后悔？我怎么会后悔

呢？”戴小荷把戴安的这句俏皮话当真了，“戴安，你都不知道你给了我多少宝贵的东西！”

“我给你？”

“是啊，是你给了我很多很多。因为有你，我才可能成为一个美丽的女人，幸福的女人。”

戴安越听越不明白。

“我生了你，才做了母亲，对不对？”

戴安想想也是，便点点头。

“在生你之前，我是一个柔弱的、毫无主见的，甚至有点懒惰、有点自私的人，做了母亲以后，母爱使我变得勇敢、变得无私、变得极有责任感。当我第一次抱起你的时候，我就暗暗地下决心，我一定要让我怀中的这个孩子幸福快乐，所以，我必须努力，必须勤奋，必须付出……你一天天在长大，我也一天天变得更坚强、更自信。所以，我要感谢你，戴安。”

戴小荷真是与众不同。戴安心想：不知李小俊的妈妈、艾薇的妈妈、夏雪儿的妈妈，会不会也对自己的孩子，说刚才那样的话？

人们常说，只有做了母亲的女人，才是完美的女人。戴安不管她妈妈在别人眼中是个什么样的女人，反正在她心中，戴小荷是个完美的女人。

第十二章

校董是个隐形人

日思夜想的事情，一旦变成现实，反而令人难以置信。

大家梦想的，取消周考、月考、半期考，现在梦想成真。

大家梦想的，给任课老师打分，现在梦想成真。

大家梦想的，取消班级排名和年级排名，现在梦想成真。

“戴安，你说的是不是真的哦？”

兔巴哥一副刚睡醒的样子，“我怎么觉得就像做梦一样？”肥猫在兔巴哥的腿上一拧，兔巴哥惨叫一声。

“现在是梦醒时分。”肥猫一本正经，“人家戴助理刚出席了校长助理办公会，还能有假？”

原以为这几条提议，学校根本不会采纳，全省全市，乃至全国都这样。白小松校长再怎么喜欢标新立异，教育理念再怎么前卫，也不至于会走那么远。所以，大家对这几条提议的期望值并不是很高，不过起起哄，好玩而已。

消息灵通人士罗莉娜马上发来一条小道消息：学校有百分之六十的老师反对这三条提议。

“你们说，白校长会站在我们学生这一边，还是站在那百分之六十的老师那一边？”

“你真幼稚。”罗莉娜白了一眼在那里干着急的袁小珠，“白校长站在哪一边并不重要，关键是要看学校的董事长站在哪一边。”

袁小珠说：“我以为白校长就是我们学校的最高领导了。”

“你忘记我们学校已经变成股份制学校了，校长的头上还有一个董事长。”

袁小珠还是不懂：“董事长会比校长还大吗？我怎么没有见过这个董事长？”

罗莉娜前后左右看了看，然后压低了声音："这个董事长可是个神秘的人物，没有谁见过他，但学校里什么事情他都知道，像个隐形人。"

戴安最最见不得罗莉娜故作高深、装神弄鬼的德行，她突然问罗莉娜："你见过他吗？"

罗莉娜一愣："没见过。"

"没见过，你怎么知道他是隐形人呢？"只要戴安和罗莉娜在一起，她就会跟她抬杠，"说不定这个校董经常出现在学校里，只不过你不认识他而已。"

戴安这么一说，把大家的心都说得激动起来。他们回想着在学校里见过的陌生人，似乎每一张陌生的面孔，都有可能是那个神秘的校董。

"有一次我看见从白校长的办公室里，走出来一个像大老板的人，挺着肚子，穿一件双排扣的西装，夹着公文包，嘴里还叼着一支雪茄，一看就是巴西产的，我觉得这个老头应该是校董。"

"这人肯定不是校董。"李小俊说，"听说校董在国外留学多年，应该有点格调。"

"格调？"米老鼠眨巴眨巴眼睛，"什么格调？"

"校董不会穿双排扣西装，那些暴发户才会穿双排扣西装。"

这是李小俊在一本叫《格调》的书中读到的。

“我曾经在三楼的卫生间里遇见过一个人，我觉得他很像校董。”豆芽儿说，“他满头银发，戴一副金丝眼镜，一副很严肃的样子……”

“嘎－嘎嘎－嘎！”肥猫笑得上气不接下气，“在卫生间里很严肃地撒尿吗？”

“我看这个人也不大像。”戴安说，“校董的观念很新潮，年纪不会这么大。”

这个校董，留给大家一个很大的想象空间。

蓝色的野菊花

戴安和安先生在白果林里又相遇了，还是像上次一样，是“不期而遇”。

白果林学校正门对着那两棵著名的夫妻树，这是两棵上百年的老银杏树，并排挨在一起，一树结果，一树不结果。传说中那棵结果的树叫“母树”，不结果的树叫“公树”，

一公一母，在两棵树之间，挂了个牌子上面写着“夫妻树”，已成为游人必看的景点。

安先生正在这里瞻仰“夫妻树”，他一回头，就看见戴安和几个同学从学校里走出来。

“嗨，戴安！”

安先生还是穿着那件黑色的长风衣，把衣领竖起来。他的眼睛不大，但是笑容很迷人。罗莉娜的眼睛都直了。她悄悄问身边的艾薇：“他是谁？”

艾薇摇摇头：“不知道。”

“你跟戴安是好朋友，怎么会不知道呢？”罗莉娜的好奇心被刺激起来，“是不是她在故意隐瞒？”

这话被李小俊听见了，他说安先生教过戴安滑冰。

罗莉娜盯着李小俊问：“你认识他？”

李小俊老老实实地回答：“他也教过我滑冰。”

“这么说，你跟戴安一起滑过冰？”

这话又被戴安听见了。她马上从安先生的身边走过来。

“对，我是跟李小俊一起滑过冰，你有意见吗？”

罗莉娜从来不和戴安正面交锋，她转身就走。李小俊站在那里不知所措，戴安又把对罗莉娜的气出在李小俊的身上：“我跟你去滑冰，她吃哪门子醋？”

安先生还站在夫妻树那里等戴安。戴安回到他的身

边，她以为李小俊和艾薇要过去，可他俩嘀咕了几句，一块儿离开了。

戴安气呼呼的，安先生问她怎么啦？

“没什么。”戴安一脸的无所谓，“现在时间还早，我们去滑冰吧！”

戴安把那晚她妈妈要她作的保证：“不要跟这个陌生的男人在一起”，忘到九霄云外了。她自己也不知道为什么，为什么跟安先生有一见如故的感觉？为什么跟安先生会有一种天然的亲近感？为什么会经常想他？

安先生的车停在白果林外的一个地下停车场。戴安一坐上车，便改变了主意。

“我们不如去郊外采蓝色的野菊花。”

安先生好像十分随意地：“是为你妈妈采吗？”

“你怎么知道的？”

“我猜的。”

“蓝色的野菊花是我妈妈在秋天里最喜欢的花。每一年的这个时候，我们都会去郊外的河滩上，采一大把回来，插在土陶罐里。妈妈说，野菊花一定要插在土陶罐里才配……”

安先生默不作声，把他那辆白色的本田越野开得飞快。戴安以为他不爱听，便打住了话头。

“怎么不说了？”

安先生就爱听戴安讲戴小荷，时光好似在倒流。

“再猜，我妈妈在冬天喜欢什么花？”

“腊梅花。”

“你太神了。”

戴安情不自禁地捶打安先生。

“你再猜，我妈妈在夏天喜欢什么花？”

再说下去就危险了。安先生想起他对戴小荷的承诺，随便说了一种花：“桅子花！”

戴安拍拍安先生的肩膀，惊喜道：“你又猜对了！”

夏天，蓝色的桔梗

其实，只有安先生才知道，在夏天，戴小荷最喜欢的花，并不是栀子花，而是蓝色的桔梗花。现在，花店里也有这种花卖了，但在那时候，只有到山上才能采到这种花。

那是在戴安出生之前，每年夏天放暑假的时候，安先生都要和戴小荷上山去采花。漫山遍野开满了蓝色的桔梗花，远远望去，像蓝色的火焰在燃烧。

桔梗是一种药，戴小荷喜欢它那种带点淡淡苦味的花香。她还喜欢把桔梗花做成干花，夹在每一本书里，这样每一本书都有了带点淡淡苦味的花香。

自从生了戴安，戴小荷再也没有上山去采过蓝色的桔梗花，因为安先生离开她了。戴小荷将她最钟爱的桔梗花，同她那段刻骨铭心的爱情，一起藏在了她心的深处。所以在夏天，戴安从来没在家里见过蓝色的桔梗花，只有满院的桅子花，洁白、芳香，其实，那是她外婆喜欢的花。

戴小荷穿着白色的连衣裙，戴着白色的太阳帽在蓝色的桔梗花丛中奔跑的情景，在安先生的脑海里挥之不去。他把车开得像疯了一样，直到看见第一朵野菊花，才把车嘎的一声停下来。

这朵野菊花盛开在稻田边。

戴安跳下车来，从公路跨到田埂上，蹲下身子看那朵在秋风中摇曳的蓝色野菊花。

安先生没有跟戴安过来，他点燃一支烟，眯缝起双眼，戴安的身影渐渐幻化成戴小荷，也是这样秋日的黄昏，也是这样收获过的稻田，稻田里有排得整整齐齐的稻草垛，像一队队穿着蓬蓬裙的小人儿……

戴安最终没有采摘那朵在秋风中一枝独秀的野菊花，她告诉安先生，河滩上的野菊花是一大片一大片的。

他们十分顺利地把车开到河滩上，那里果然盛开着一大片一大片的野菊花。有黄色、白色、紫色、蓝色……

“我妈妈只喜欢蓝色的！”

戴安在花丛里跳来跳去，只挑那些蓝色的花采。安先生当然知道戴小荷只喜欢蓝色的野菊花，他也只挑着蓝色的采。

这时候，安先生特别想听戴安讲讲戴小荷。

“戴安，讲讲你妈妈吧！”安先生装着很随意的样子，“我在想，一个喜欢蓝色野菊花的女人……”

“你别看我这样，我妈妈跟我完全两回事。”戴安赶紧说，“她很漂亮，很有风度，我们班的男生都说我一点都不像她的女儿。其实，我最了解我的妈妈，她外表确实很柔弱，但她内心比男人还要坚强。我们家里没有一个男人，就靠她给别人做旗袍，挣钱养家。找她做旗袍的人特别多，所以我们家的生活一直都很富裕。”

“你爸爸呢？”

安先生知道是不该向戴安提这个问题的，他对戴小荷有承诺，但戴安把话说到这里，他迫不及待地想要知道，戴小荷会怎样在戴安面前讲她的爸爸。

“我爸爸在国外。”戴安倒十分坦然，“我妈妈说他非常爱我，每年我过生日，都会收到他送我的礼物。”

“他每年都送你生日礼物？”

安先生百感交集，惭愧、内疚、悔恨……他从来没有送过戴安生日礼物，他压根就不知道自己在国内还有个女儿。

幸好这时，戴安在专心地挑那些蓝色的野菊花采，她才没有看见安先生的眼睛里，已经蒙上一层薄薄的泪水。

安先生又点燃一支烟，让自己的情绪平静下来。

“戴安，你想你爸爸吗？”

“小时候很想，因为老见不着，后来慢慢地他就在我的想象里了。”

“你想象中的爸爸，是什么样子的？”

戴安直起腰来，怀里抱着一大束蓝色的野菊花。她回头看看安先生，冲口而出：“就像你那样，也穿一件你那样的黑色的长风衣，把衣领竖起来。”

安先生瞠目结舌。

戴安却哈哈大笑。她走到安先生身边，大大咧咧地往安先生肩膀上重重一拍：“你别发呆了，我说着玩儿的。”

这样的话题不能再持续下去。幸好安先生还没有完全忘记他对戴小荷的承诺。

悬念

归去的路上，安先生竭力要把刚才感伤的情绪驱逐开去，想要营造出一种轻松愉悦的氛围。他吹着口哨，把车开得飞快，田间的泥土气息吹进车窗里来，和车上的野菊花的芬芳混合在一起，令人神清气爽。

“戴安，讲讲你们学校里的事儿吧！”安先生停止吹口哨，“你这个校长助理当得怎么样？”

“还行，挺有成就感的。”

“哦，是吗？”

“谁都没想到，我们班那几条异想天开的提议，居然都被通过了。有人说，这是我们白校长的魄力，也有人说我们学校的董事长一锤定音。只是，那个董事长好像是个怪人……”

“哦，是吗？”

安先生把车速减了下来，他好像对这个问题很感兴趣。

“这是一个十分神秘的人物。我们从来没有在学校里见过他，但他好像什么都知道，同学们都说他是个隐形人。”

“哈哈……”

安先生爆发出一阵大笑。

“你说，我们这个校董，他为什么要跟我们玩神秘？”

“也许他觉得这样很好玩。他能看见你们，你们看不见他，而他却能帮助你们实现你们心中的愿望，这不是挺好吗？”

戴安也觉得挺好的。

“他想当隐形人，我们就让他当吧。只是他给我们留下了太多的悬念。”

“什么悬念？”

“大家都会去猜想他到底是怎样的一个人。”

“猜想出来没有？”

“想了很多出来，但都被大家一个一个地推翻了。”

“哈哈……”

安先生又爆发出一阵开心的大笑。

有那么好笑吗？戴安没有觉得那么好笑。

车开进城里，天还没有黑。

戴安在离她家还有两条街的地方，就要求下车。

安先生说：“我把你送回家吧！”

戴安还没有忘记那天她和安先生在她家附近告别，被她妈妈偶然撞见的事。她虽然没有答应她妈妈不再见安先生，但是她不想让她妈妈生气。

“我就在这儿下吧！”

戴安抱着蓝色的野菊花下了车。刚要关上车门，听安先生叫了一声：“戴安！”

“什么？”

戴安把头伸进驾驶室。

有一朵蓝色的野菊花留在了座位上。安先生举起那朵野菊花，眼前的戴安又幻化成十几年前的戴小荷。每次他们去采了蓝色的野菊花，安先生都会插一朵野菊花在戴小荷耳边的发髻上。

安先生自知失态，他把举起来的那朵蓝色的野菊花，轻轻地放在戴安怀里的那束花上：“快回家吧！”

戴安回到家里，轻手轻脚地找出一个粗陶罐，把那一大束蓝色的野菊花插进去。这便是她从小就耳濡目染的，野花只能插在粗陶罐里，如果插在精致的花瓶里，那份野趣就没有了。

戴安把插在粗陶罐里的野菊花，捧进戴小荷的工作间里。戴小荷正在做一件蓝色的丝绒旗袍，这野菊花的

蓝和那旗袍的蓝，蓝得一模一样。

“妈妈，你喜欢吗？”

戴小荷接过花，把头埋进花里，深深地嗅着，感受着芬芳里的乡野气息。

“你买的？”

戴小荷是明知故问，一看这花就不是买的。

“我采的。”

“什么时候采的？”

“就刚才。”

戴小荷心里明白，戴安又和他见面了。戴安不可能一个人去郊外采野菊花，只可能是他带她去，他知道在什么地方能采到野菊花，而且他知道，她只喜欢蓝色的野菊花。

戴小荷的心缩紧了，她还是怕失去戴安。但她已经无力阻碍戴安和他见面，那是一种天意，一种无法割断的情缘。

第十三章

那个穿黑色长风衣的男人

关于戴安的爸爸，一直是全班同学心中的一个谜。因为戴安的强悍，出于恐惧的心理，是从来没人敢议论戴安的。

罗莉娜的性格和戴安的性格水火不容。自从那天在白果林里见到穿黑风衣的安先生，后来又见他和戴安一同离去，一种强烈的好奇心一直在折磨着罗莉娜，她一定要知道那个穿黑

色长风衣的男人是谁，他跟戴安是什么关系。

那天，除了她，还有李小俊和艾薇都在场，他俩也看见了那个穿黑色长风衣，把衣领高高地竖起来的男人。看情形，李小俊是认识那个人的，可他只肯说那个人曾经教过他和戴安滑冰，便不肯多说半句。

看着李小俊离去的背影，罗莉娜恨得咬牙切齿。

艾薇望着李小俊离去的背影，却不知深浅地问了一句：“罗莉娜，你发现没有？”

罗莉娜心里有气，所以极其生硬地反问艾薇：“你发现什么了？”

艾薇的眼睛还没有离开李小俊的背影：“我发现李小俊走路的姿势很像美国西部牛仔。”

“艾薇，你也太夸张了吧？”

“真的真的，你看嘛！”

罗莉娜狠狠地盯着李小俊的背影看了一会儿，比起班上那几个还没长醒的坏小子，比如肥猫、兔巴哥、米老鼠和豆芽儿，李小俊真的说得上有款有型。

“艾薇，你说我们班哪个男生最漂亮？”

“这……我想想……”

“你是不是想说兔巴哥最漂亮？”

全班同学都知道，在读五年级的时候，全校开运动会，为了鼓励飞毛腿兔巴哥为班上争得荣誉，拿到长跑

冠军，美女艾薇蹲在兔巴哥的脚边，亲自为他系鞋带，把兔巴哥感动得差点当场晕过去。

说起兔巴哥，艾薇想起她表哥刚送给她的一只韩国流氓兔。

“有一次，我看见兔巴哥趴在桌上睡觉，他闭着眼睛的样子，真像一只流氓兔。”

“那么艾薇，你不觉得李小俊是我们班上最漂亮的男生吗？”

罗莉娜有个绝技，就是能够把人家不想说的话，从人家心里套出来。

艾薇可不上罗莉娜的当。

“罗莉娜，这是你说的，不是我说的。不过呢，李小俊的变化真的很大，他刚转到我们班那会儿，说话都跷着兰花指，我从来没有把他当做男生。”

“现在呢？”罗莉娜盯着艾薇的脸问，“现在你还不把他当男生吗？”

艾薇无话可说。

“艾薇，你和戴安是好朋友，为什么她不跟你去滑冰，却要跟李小俊去滑冰？”

艾薇说：“戴安本来就喜欢跟男生在一起玩。”

罗莉娜是个很有心计的女孩子，她又在套艾薇的话了。

“艾薇，你说戴安和男生在一起的时候，男生会不会把她当女生？”

在戴安给艾薇当“护花使者”的时候，艾薇也不把戴安当女生。但自从那次暑假到戴安家去，她看见戴安穿着背心的肩带边，还露出一条胸罩的肩带，就从那时起，戴安在她心目中，就是一个真正的女孩子了。而艾薇自己，十三岁了还没来月经，胸脯也是平平的，她觉得跟戴安相比，戴安比她更像女孩子。

艾薇虽然羡慕戴安已经开始戴胸罩，却没有一点点嫉妒的意思。但当她把这个秘密告诉罗莉娜时，罗莉娜嫉妒了，因为她的胸脯也还没有发育，但她却戴了一个塞了海绵垫的胸罩。

“要戴胸罩还不容易？”罗莉娜怂恿艾薇，“你去买一个来戴。”

“我？”艾薇的脸红了，“我还没有，怎么戴呀？”

罗莉娜说：“你去买一个有海绵垫的，不就有了吗？”

“那不是弄虚作假吗？”

罗莉娜在艾薇耳边悄声说道：“如果你的胸脯平平的，男生们会觉得你一点女性的魅力都没有。”

艾薇恍然大悟，她明白了罗莉娜不算胖的身体，为什么胸脯也是鼓鼓的。

秘密调查

从李小俊那里，从艾薇那里，罗莉娜都没调查出那个跟戴安在一起的、穿黑色长风衣的男人到底是谁。罗莉娜是个不达目的誓不罢休的人，她不知从哪儿又挖来一条信息，班上那几个坏小子，肥猫、兔巴哥、米老鼠和豆芽儿，都认识那个神秘的男人，这个神秘的男人还请他们吃过西餐呢。

这几个坏小子一天到晚形影不离，除了戴安，他们几乎不把女生放在眼里。对于罗莉娜，他们只是想从她那儿听一些最新消息，如果没有最新消息，他们三言两

语就把她打发了。

这几个坏小子都是戴安的铁哥们儿，他们完全有可能齐心协力为戴安保守秘密。只有采取个别行动，也许能问出点什么来。

罗莉娜把他们四人，逐一地分析了一番：兔巴哥最老实，但也许他知道得最少，甚至迷迷糊糊的什么都不知道；肥猫知道得最多，但他嘴巴紧，守得住秘密，不过，嘴紧抵不住嘴馋，给他点吃的，不信撬不开他的嘴；豆芽儿倒是口无遮拦，话多得滔滔不绝，但也许没一句是有用的；米老鼠亦幻亦真，真话假话都说，到最后，真真假假，他自己都分不清哪句是真，哪句是假。

罗莉娜走火入魔，伺机行事。

一天，午餐吃炸鸡翅，一人两只，豆芽儿刚好坐在她的身边，她以迅雷不及掩耳之势，将一只鸡翅夹到豆芽儿的盘子里，把豆芽儿吓了一大跳。

豆芽儿左右环顾，见并没有人注意到他，用手抓起那只鸡翅，心安理得地撕咬起来。一边吃，还一边发出感慨。

“哎，到了青春期，就喜欢吃高脂肪高蛋白的东西。”

罗莉娜没听明白：“什么青春期？”

“你没有发现我已进入了青春期吗？”

豆芽儿伸了伸脖子，扭了扭肩膀。罗莉娜见他唇上无毛、喉上没包，还是原来那样瘦瘦小小一把把，一副铁树不开花的样子，哪里像在青春期。但目前罗莉娜有求于豆芽儿，所以拣他爱听的说：

“我一看你，就知道你到了青春期。”

豆芽儿向罗莉娜竖起油亮的大拇指：“好眼力！”

罗莉娜开始奔向主题了。

“豆芽儿，你喜欢吃中餐，还是喜欢吃西餐？”

豆芽儿十分内行地：“中餐是中吃不中看，西餐是中看不中吃，刀子叉子勺子一大把，结果对付的东西就只有那么一点点。”

“你们上次在溜冰场外面的西餐厅吃西餐，那个请你们吃西餐的人，是谁？”

“好像是溜冰场的教练吧！”豆芽儿挠着后脑勺，拼命地回忆，“伯乐能识千里马，这是一个像伯乐一样的人，他在冰场上突然发现了戴安，他觉得戴安的条件特别好，完全可以培养成世界花样滑冰的冠军，所以他一心想当戴安的教练。为了赢得戴安的好感，他请戴安吃西餐，我们几个是沾了戴安的光……”

豆芽儿说得有鼻子有眼儿，但罗莉娜根本不相信。

“不信你去问米老鼠。”

豆芽儿想摆脱罗莉娜，把米老鼠骗到罗莉娜跟前

来，他就开溜了。

罗莉娜后悔刚才把油炸鸡翅给了豆芽儿。她向米老鼠许诺，如果下一次再吃油炸鸡翅或油炸鸡腿，她一定给他一只。但是有一个条件：

“你必须告诉我，那次在冰场旁边那家西餐厅里，请你们吃西餐的人，是什么人？”

罗莉娜的好奇心，刺激了米老鼠的想象力。他很快进入角色，在罗莉娜的耳边压低了声音：“这是一个来路不明的人。”

罗莉娜果然有了反应：“你怎么知道的？快说！快说！”

“这个人来无踪，去无影。你不知道他从什么地方来，不知道他的家在哪里、他是干什么的。我怀疑他根本就是一个外星人。”

“外星人，会请你们吃西餐？”

“你以为外星人是什么人？跟我们还不是一样的人，只不过他住在外星球上，作了一次星际旅游，就跑到地球上来了。”

说到这里，米老鼠已经坚定不移地相信自己说的话了。

米老鼠已无可救药，罗莉娜跟他再绕下去，无疑是浪费时间，她还有希望，希望寄托在肥猫和兔巴哥的身上。

别人的隐私

和肥猫相比，兔巴哥要好对付得多。罗莉娜只要打着艾薇的旗号，不信把兔巴哥的话套不出来。

但是，兔巴哥完全记不起暑假里的事情了。

“你再想想，当时有肥猫、豆芽儿、米老鼠，还有李小俊、戴安……”

兔巴哥本来还想回忆回忆，听罗莉娜一口气说出这么多人来，便如释重负，懒得再回忆，“那你去问他们好啦。”

兔巴哥是一个多一事不如少一事的人。

罗莉娜在心里叫苦，如果我能从他们嘴里问出来，我还用得着问你？

罗莉娜耐住性子启发兔巴哥：“那天，你们吃的是西餐，你知道那个请你们吃西餐的人是谁吗？”

兔巴哥根本就记不得他曾在暑假里吃过西餐。他和肥猫不一样，肥猫对吃情有独钟，对他吃过的每一样东西都会念念不忘。但是吃对于兔巴哥，就是填饱肚子，很少留下什么难忘的印象。

兔巴哥一口否定他去吃过西餐，他不是和罗莉娜玩太极，他是真的记不得了。既然吃西餐都记不得了，难道你还能指望他记起那个请他们吃西餐的人？

对这种迷迷瞪瞪的人，你跟他生气都没用。

罗莉娜百折不挠，越战越勇。她知道肥猫是最难缠的，不用“糖衣炮弹”，休想从他口中套出半个字。

罗莉娜去超市，买了一堆乱七八糟的零食，下午放学的时候，向肥猫勾勾手指头，肥猫会意，便乖乖地跟她走了。

肥猫早就知道罗莉娜会找他，也知道罗莉娜想问什

么，但他故意装傻，嘴里稀里哗啦地吃着罗莉娜给他买的零食，就是不开口说话。

“肥猫，我的东西可不是白请你吃的。”

“我知道。”

肥猫嘴里稀里哗啦，越吃越快。

“肥猫，你知道我想问什么？”

肥猫看着罗莉娜：“我又不是你肚子里的蛔虫，我怎么知道你要问什么。”

罗莉娜已经跟他们几个周旋得很累，她单刀直入：“那个男的是谁？”

“哪个男的？”

“你知道的。”

肥猫知道罗莉娜指的是安先生。

肥猫问罗莉娜：“这个男的跟你有关系？”

“跟我没有关系，但他跟戴安有关系。”

肥猫已经吃完了罗莉娜给他买的零食。对付罗莉娜的“糖衣炮弹”，肥猫的对策是：把“糖衣”吃了，再把“炮弹”给她扔回去。

肥猫用手背抹抹嘴巴，然后语重心长地：“罗莉娜，看在我吃了你的东西的分儿上，我真得给你好好地上一课。”

“上课？”罗莉娜嘴一撇，“你给我上什么课？”

肥猫把两只手背在身上，他经常被人教训，现在轮到他来教训罗莉娜了。

“我告诉你，就算那个人跟戴安有什么关系，这也是人家的隐私。罗莉娜，你这个人最大的毛病，就是不知道尊重别人的隐私。”

“别在我面前充大尾巴狼！”罗莉娜根本不吃肥猫那一套，她已经从肥猫的话中，听出了肥猫默认了那个神秘的人和戴安有关系，她两眼闪闪放光，终于说出了她心中一直想说的话：“那个人肯定是戴安的爸爸！”

不仅仅是知音

除了戴安不知道，几乎全班同学都知道，有一个穿黑色长风衣的神秘男人，经常出没在学校的附近，这个人是戴安的爸爸。

没有人敢去问戴安，也没人敢去告诉戴安，因为从来就没有人敢在戴安的面前提她的爸爸。

班上的男生女生，特别关注戴安的行踪。特别是在放学走出校门的时候，大

家都会四处望望，看有没有一个穿黑色长风衣的神秘男人，出现在学校附近。

戴安仍然和安先生在见面。他们现在有一个固定的见面的地点，是安先生带她去的，那是一条小街上的书吧。书吧装饰得非常古典，透过羊皮灯罩的灯光十分柔和，音乐是低缓轻吟的萨克斯，几排低矮的咖啡色的实木书架，围住几张铺着小方格桌布的小圆桌和几把实木圆椅，安先生经常坐在这里，一边看书，一边喝咖啡，消磨下午的时光。如果是戴安想找他，就到这里来了。

米兰也听到了关于戴安的传闻。她现在非常担心，她比所有的人都了解戴安，戴安表面上给人的印象是大大咧咧，一副无所谓的样子，其实她内心比好多女生都更敏感，更细腻，她怕这样的传闻会伤害戴安。

每周四的下午，四点钟就放学了。戴安常常会在这天下午放学后，去书吧见安先生。

这天下午，米兰见戴安出了校门，马上追了出去。

“戴安，我要去看一个同学，刚好跟你同路。”

米兰以为戴安要回家，戴安却说她不能跟米兰同路，她要去一个地方见一个人。

米兰装作不经意的样子，用玩笑的口吻：“什么样的人？认识多久啦？”

戴安说：“认识的时间不是很久，但感觉却像认识了

很久很久。”

“那他一定是一个很有意思的人。”

“反正不是一个乏味的人，他很有趣，我就喜欢听他讲话，我也喜欢把心里的话讲给他听。”

“这么说，你们是知音啰？”

戴安坦然承认：“可以这么说。可是，我妈妈不许我见他。”

“为什么？”米兰感到事情有些复杂了，“你妈妈认识他吗？”

戴安摇摇头：“不认识，我妈妈根本没有见过他。我妈妈是担心，她不让我跟陌生人在一起。虽然我知道我应该听我妈妈的，但是我没有办法不见他。”

“茫茫人海，能找到一个知音，也是一件值得庆幸的事情。”

“这种感觉，还不仅仅是知音……有点像朋友，有点像老师，还有点像……”

“你是不是想说，还有点像爸爸？”

戴安沉默了，她想象中的爸爸应该是安先生那样的，但她并不希望安先生是她爸爸。就在这一刹那，戴安终于明白，为什么这些日子她有些心烦意乱，原来就是这种矛盾的心理在折磨着她。

第十四章

白果林的冬天

冬天的白果林显得十分萧条。枝上已没有一片树叶，枯枝交错，在灰白天空的映衬下，又陡添了几分寒意。

幸好白果林里还有一所白果林学校，学校里生机勃勃。学生们穿着五颜六色的羽绒服，戴着五颜六色的绒线帽，萧条的白果林到处跳动着鲜亮的色块。

到了下午放学的时候，从学校里拥出一群低年级的小男生和小女生，他们手里拿着调色板和水彩笔，跑到学校的围墙前，一字排开，就在上面抹起来。

“干什么干什么？你们好大的胆子！”

七三班一帮男生女生也从学校里出来，肥猫他们几个本来就爱管闲事，现在看小男生小女生把好好的墙涂得五彩斑斓，这种闲事，他们不管，谁管？

那些小男生小女生根本不理睬肥猫他们，自个儿画自个儿的。

豆芽儿扯起嗓子，脖子上暴出三条青筋："听见没有，不许损坏公共财物！"

一个小女生说："我们老师让我们画的！"

"胡说！你们老师是谁？把他叫来！"

一个跟他们以前的班主任是同一类型的老师，不动声色地出现在豆芽儿的面前。

这个老师冷冷地看着豆芽儿，看得他浑身不自在，只有傻傻地笑。

"嘿嘿，我们小时候，老师是不许我们在墙上乱画的。"

肥猫赶紧过来帮豆芽儿打圆场："就是就是。有一次，我在墙上就用铅笔画一个小小的猪八戒，还站了半天的办公室，还被请了家长……"

他们真的好羡慕这些低年级的小学弟小学妹，他们跟他们一般大的时候，同样的围墙，墙上永远是用又粗又硬的黑体字，写着毫无生气的标语。

"唉，我们的童年已经一去不复返。"米老鼠的表情太夸张，但夸张的表情下藏着真实的伤感，"如果世界上有一种药，吃了会变小，我真想和他们一起画。"

一直没有说话的老师，终于开口说了："你们现在也

可以和他们一起画呀！”

有了老师的这句话，他们真的去和小学弟小学妹一起画起来。

戴安来到一个正在画金鱼的小男生身边。

“鱼应在水里，你画的鱼怎么在草地上？”

小男生说：“世界上有一种鱼，可以在草地上跳舞，跳累了，又跑到水里去睡觉。”

“哦！”

戴安一点都不觉得这是异想天开，她想，鱼原本就应该是这样。

小男生颇有大画家的气魄，用水彩笔在调色板上蘸了几种颜色，刷刷刷，草地上便有了几抹飞扬的色块。

戴安问小男生：“这又是什么？”

“这是风，有颜色的风。”

“风是看不见的，你怎么知道风有颜色？”

小男生说：“如果风没有颜色，草就不会被吹绿，叶子也不会被吹黄。到了春天，花也不会被吹红……”

那边有小同学的喧嚣声传过来，原来是大哥哥大姐姐霸占了他们的画笔，在和他们抢着画。

记忆中，好久没有这样的下午了，似乎又回到了童年。

长长的围墙，已成了孩子们的奇思异想的童话世

界，那些大胆的想象和大胆的色彩，让白果林的冬天热闹起来，鲜活起来。

戴安突然想起，有一次安先生曾经跟她说起过白果林学校的围墙。说这灰白的围墙像一张板着的面孔，应该让它活起来。

戴安问他，怎么才能让它活起来?

安先生说，颜色可以让它活起来。

戴安说，应该让小孩子在墙上画，想画什么，就画什么。

心事

无论戴安在墙上怎么画，她再也变不回跟她身边的小学弟小学妹一般高，再也回不到从前的时光了，就像她和艾薇的友谊，再也不如从前那么单纯了。她们的心思，都变得复杂起来。

因为李小俊，让她们渐渐地疏远。

有一次，艾薇问戴安，有什么办法可以管住自己的眼睛？

戴安不明白艾薇到底想说什么。

“为什么上课的时候，我的眼睛老要看李小俊？”

“你喜欢李小俊？”

戴安感到震惊，也感到生气，莫名其妙地生气。她甚至恶狠狠地问艾薇：“要不要我帮你把这个信息传递给李小俊？”

“不要告诉他！”艾薇并不知道戴安的心里是怎么想的，她对戴安说的都是心里话，“我心里知道喜欢他就行了。”

艾薇还让戴安为她保守秘密，戴安点头的时候，心里很难过。

戴安开始疏远艾薇。

艾薇并不知道戴安在疏远她。周末，她还约戴安去一个她刚发现的、可以练英语会话的地方。

“那个地方叫‘祖母的厨房’，你是不是觉得这地方的名字有点怪？”

是有点怪——“祖母的厨房”，但听起来有些亲切，有些温暖。

“到了那里，就像回到家里一样。”艾薇显然很喜欢那个地方，“我们可以自己到炉台上去烤比萨饼，做三明治，拌蔬菜沙拉……”

“这么好的地方，你怎么不约李小俊去？”

说了这话，戴安就有些后悔。她知道她现在对艾

薇，不够真诚，不够厚道。

艾薇却是一副厚道的样子："我只会在心里喜欢他，我永远不会告诉他。"

戴安不会跟艾薇去"祖母的厨房"，她怕艾薇跟她在一起，会一直喋喋不休地说李小俊，会把她说得心烦意乱。

戴安越来越频繁地怀念从前的日子，那时她和艾薇多好啊！为了艾薇不受男生的欺负，她甘愿当艾薇的"护花使者"，愿意为艾薇去打架，愿意为艾薇做一切——哪怕人家把她和艾薇戏称为"美女和野兽"……那时，没有现在这么多的烦恼。

“祖母的厨房”

周末的晚上，戴安没有跟艾薇去“祖母的厨房”，结果艾薇也不去了，她跟她爸爸去郊外度周末。

戴安无所事事。家里的每一寸地方都香雾缭绕。这段时间，戴小荷热衷于熏香，熏得戴安头昏脑涨。

戴安想起了“祖母的厨房”，只听艾薇的叙述，就知道这是一个迷人的地方。

戴安拿起电话，拨一个号码。听到是李小俊接的电话，戴安便用她对李小俊惯用的口吻：“李小俊，我们去‘祖母的厨房’。”

“你说什么？”

李小俊没听明白。这时，李小俊的妈妈像幽灵一般，出现在李小俊的身边，监视他的一举一动。

“‘祖母的厨房’是一个外国老太太开的餐厅，只听说很特别，还可以练英语会话，我也没去过，我现在就想去。”

李小俊也很想去：“在什么地方？”

戴安照艾薇说的地址，告诉了李小俊，他们约好半小时后见。

戴安平时很少照镜子。临出门的时候，却在穿衣镜前站了一会儿。她穿了一件半高领的羊毛衫，白色的，她很喜欢这件毛衣的颜色，但不喜欢这件毛衣的样式，要么高领，要么低领，都好，半高领显得老气。戴安看见镜子上搭着一条丝巾，印象画图案，色彩的搭配大胆得令人不可思议。那是戴小荷的丝巾，她特别喜欢丝巾，连她自己都说不出她到底有多少条丝巾。

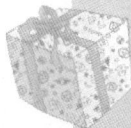

戴安把丝巾围在颈上，松松地打个结，效果一下子就出来了。这条丝巾不仅遮了半高领的丑，它的图案和色彩硬让一件已经过时的羊毛衫时尚起来。戴安现在明

白了，她妈妈戴小荷为什么那么执著地热爱丝巾，这是一种真正能起到画龙点睛的作用的饰品。

戴安在毛衣外套了件羽绒服，骑上自行车，直奔“祖母的厨房”。

李小俊已经在“祖母的厨房”门口等她了。在树影婆娑处，还有一个躲躲闪闪的人——李小俊的妈妈。

现在刚过七点，“祖母的厨房”里的人还不多，据说人最多的时候，是在晚上九点到十二点这个时段。

围着碎花布围裙的胖祖母把他们迎了进去，口口声声叫他们“我的孩子”，慈祥得就像自家的老祖母。这个老祖母便是这家餐厅的老板，澳大利亚人，有一头银白的鬈发和一张粉红的脸，脸上

的每一条皱纹里都藏着善意的微笑，看不出她到底有多老，但至少老得全世界的人都可以尊称她一声“祖母”。

老祖母把戴安和李小俊安排在一个靠窗的座位。小圆桌上铺着手工刺绣的、上过浆的桌布，桌上的冰花瓷瓶里，插着一朵鲜红欲滴的玫瑰花。

戴安和李小俊在明处，藏在树影里的李小俊妈妈在暗处，她能看见他们，他们却看不见她。

那朵鲜红的玫瑰花扎着李小俊妈妈的眼睛。玫瑰花给人的联想太多，就凭这朵玫瑰花，她就能判定李小俊跟他对面的那个女生之间有问题。

现在，李小俊的妈妈还没看见跟李小俊在一起的女生是谁。戴安已脱了外面的羽绒服，那件有点紧身的羊毛衫和那条丝巾，还有那已经长到齐肩的、修剪得十分妩媚的碎发，一看就是能够吸引男生的魅力女生。

李小俊妈妈只觉得李小俊面前的这个女孩在哪里见过，她完全没有想到这个女孩就是戴安。在她的印象里，戴安是假小子，对男孩子根本就没什么吸引力。如果早知道约李小俊出来的是戴安，李小俊妈妈是不会跟踪而来的。上次戴安打电话约李小俊，是她接的电话，她既没有反对李小俊出来见她，也没有跟踪，她是把戴安当男生。

残酷的母爱

李小俊妈妈藏在树影里看了半天，也没看出李小俊和戴安有什么特别的举动。这会儿，她看李小俊和戴安都离开了座位，她不能让他们离开她的视线，敏捷地跟了过去。

戴安和李小俊本来就是到这里来练习英语会话的。他们来到操作台，跟老祖母学拌蔬菜沙拉，学做三明治，学烤比萨，老祖母在教给他们厨艺的同时，也教给他们一口纯正的伦敦英语。

李小俊妈妈毕竟身藏“厨房”外面，她不可能听得见

“厨房”里面，老祖母和戴安、李小俊在说些什么，更不知道他们在练习英语会话。

快到十点钟，“祖母的厨房”里的客人渐渐多起来。李小俊妈妈见老祖母分别和李小俊、戴安拥抱亲吻，知道他们可能要离开了。

李小俊妈妈迅速闪到浓重的树影里，她要看李小俊和那个女生究竟要干什么。

李小俊和戴安走出“祖母的厨房”，他们取了自行车，又站在一起说了几句话，便各自朝着相反的方向骑去。

李小俊妈妈看得十分清楚：李小俊跟那个女生站在一起的时候，那个女生比他还高出一头。

李小俊妈妈回到家里的时候，李小俊正戴着耳机，把自己关在房间里。

李小俊妈妈把耳朵贴在门上听了一会儿，没听见任何声音。她怀疑李小俊在干什么，扭开门锁，轰的一声扑了进去。

李小俊把耳机从耳朵上拿下来，他不知道她妈妈要干什么。

“你刚才到哪儿去了？”

“‘祖母的厨房’。”

“你都吃过晚饭了，还去那厨房干什么？”

“我去那里练习英语会话。不信，你去问戴安。刚才，她也去了。”

“什么什么，刚才跟你在一起的那个女生是戴安？”

难怪她刚才觉得那个女生好面熟，因为离得远，她竟没有认出是戴安。

真是女大十八变，越变越好看。李小俊妈妈有一种被欺骗的感觉。其实她一直知道，李小俊和戴安走得很近，但她一直认为戴安是个对男孩子没什么吸引力的假小子，所以尽管她把李小俊看得很紧，却放松了对戴安的警惕。

李小俊妈妈自以为她被戴安和李小俊骗了，她心中的愤怒，可想而知。

“说，你和戴安是怎么回事？”

李小俊极其不耐烦地：“什么事都没有。”

“什么事都没有？”李小俊妈妈对李小俊已没有信任感，“你刚跟她约会过，就说什么事都没有，可见你们根本不懂什么是真正的爱情。”

“你扯到哪儿去了？”

真是不可理喻，李小俊捂住了耳朵，倒在床上。

李小俊妈妈还在喋喋不休：“我都亲眼看见了，你还想抵赖？”

“你跟踪我们？”李小俊从床上翻身坐起，像一头发

怒的狮子，“妈，你太让我失望了！”

李小俊妈妈从来没见过李小俊这个样子，他从来都是温温顺顺、斯斯文文的样子，是她听话的小心肝儿，为什么现在变得这么凶？

李小俊妈妈大放悲声：“我这都是为你好呀！我的命好苦啊……我守寡这么多年……”

又来了，又来了。每次李小俊听到他妈妈的这些陈词滥调，连死的念头都有。他跟他妈妈生活了这么多年，即便他妈妈什么都不说，他也知道她多么的不容易，可以说为他付出了全部。他从小最大的愿望，就是长大了要报答他的妈妈，让他妈妈过上最好最好的日子，所以，相比其他的男孩子，李小俊成熟更早，学习也非常自觉，从来没让他妈妈操过心。可他妈妈经常把那些话挂在嘴边，一直伴随着他成长，让他背负的压力越来越大，以至于他有时会厌恶自己，厌恶他的妈妈，她一开口说话，他的头皮就发麻。

李小俊妈妈已哭得上气不接下气，回自己的房间去继续哭。

李小俊仰面躺在床上，任眼泪顺着眼角汩汩地流。

从什么时候，这颗少年的心离爱他的母亲越来越远？为什么和戴安越来越近，也许只是彼此在心的最深处，需要温暖。

第十五章

“早恋”这个词

李小俊担心的事情终于发生了。他妈妈去了学校，直接找到米兰老师。

“米老师，我来向你反映个情况。”

看李小俊妈妈的表情，就像有地方着了火。

米兰为李小俊妈妈搬来一把椅子，又为她倒来一杯凉水。

“别急，慢慢说。”

李小俊妈妈泪腺特别发达，眼泪说来

就来："我们家李小俊在早恋。"

"早恋"这个词一出口，把办公室所有老师的目光都吸引在她身上。

"喝水！喝水！"

米兰把那杯凉水递到李小俊妈妈的嘴边，她想让她的情绪平静下来。

李小俊妈妈喝了两口凉开水，果然不像刚才那么激动了。

米兰站起身来，挽住李小俊妈妈的胳膊："我们去校园走走吧，您还没参观过我们新改造的校园呢！"

米兰不由分说，拉着李小俊妈妈就走。刚才她冲口而出的"早恋"这个词，让她感到特别刺耳，她得好好地、单独地跟她谈一谈。

米兰是个很好的倾听者。李小俊妈妈上气不接下气地把李小俊的"早恋"现象，全给她讲了。

"你说的'祖母的厨房'，我知道那个地方，那确实是练习英语会话的好去处，我们班好多同学在周末晚上，都去那儿。"

"那个戴安为什么不约女同学去，偏偏要约我们家李小俊去？"

"戴安的性格嘛，平时就像个男孩子，她喜欢跟男孩子在一起玩。"

“才不是呢！”那种受骗的感觉又回到李小俊妈妈的身上，“我昨晚亲眼看见的，她穿一件紧身的羊毛衫，脖子上系一条很花哨的丝巾，头发耷下来把脸遮住一半，那样子妩媚得很呢！”

米兰不得不在心里承认，戴安身上确实越来越有女孩子味儿。

“戴安和李小俊走得比较近，我想是可以理解的。”米兰说，“当初李小俊转到我们班的时候，我安排他和戴安同桌，戴安对李小俊的帮助很大，影响也很大，从这个角度看，他俩的关系比跟其他的同学近一些，我想是一件挺自然的事情。”

“是挺自然，‘早恋’也就在这种自然中产生了。”

“李小俊妈妈，我不同意你的说法，特别反感你用‘早恋’这个词。”米兰严肃起来，“李小俊和戴安都是懂事的孩子，我们应该相信他们，相信他们之间的是一种美好的、纯洁的情愫。过早地给他们下‘早恋’的结论，我认为是不负责任的，甚至是一种误导。”

李小俊妈妈还是不能完全接受米兰的观点，她还是忧心忡忡。

“反正我觉得，男生女生在一起，就没什么好事儿，就容易出问题。”

“不能因为怕出问题，就不让他们在一起。我反倒

觉得男生女生应当多接触，这对强化性别意识，很有好处。”

李小俊妈妈何曾想过“性别意识”的问题？她两眼迷茫地看着米兰。

“说简单点，男孩子女孩子多接触，男孩子会更像男孩子，女孩子会更像女孩子。”

“那——戴安和李小俊的事情，你准备怎么处理？”

李小俊妈妈还是扭住“戴安和李小俊”不放。

说了半天，李小俊妈妈还是没转过弯来。米兰哭笑不得：“他们会有什么事？”

“他们……”

李小俊妈妈差点又冒出“早恋”这个词来。这个米兰老师极其反感这个词。看来李小俊和戴安的问题，只有靠她自己去解决。

大人的偏见

要想把戴安和李小俊分开，李小俊妈妈采取的第一个行动，就是直接找戴安。

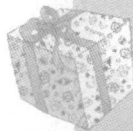

李小俊妈妈请了半天假，在白果林学校外面那两棵夫妻树下的椅子上，坐等戴安。要知道请半天假，她就得被扣掉整整一个月的奖金，几大百呢，能买一台微波炉。家里的微波炉早该换了，她都没舍得。但她觉得值，只要能让戴安和李小俊不再交往，付出再多，也值。

等了一个下午，校园里终于响起了放学的铃声。学生们潮水般地往校门外涌。

七三班的出来了！

李小俊妈妈最先看到的就是戴安。她比班上的同学都高，亭亭玉立，引人注目。

李小俊妈妈从靠椅上站起来，大义凛然，迎面朝戴安走去。

肥猫就走在戴安的身边，他还记得李小俊的妈妈，她做的菜很好吃，肥猫对会做菜的人会念念不忘。

肥猫有些过分热情地跟李小俊妈妈打招呼。李小俊妈妈根本不理他，好像根本就不认识他。

李小俊妈妈径直朝戴安走去。

“你是戴安，对不对？”

李小俊一个箭步冲过来，护住戴安：“妈妈，你干什么？”

“我找她谈谈。”

七三班的男生女生不知发生了什么事，都围过来看热闹。

李小俊让戴安快走，戴安偏不走，她对李小俊妈妈说：“你要跟我谈什么？我跟你走。”

在众目睽睽之下，戴安跟李小俊妈妈走了。

“李小俊，到底发生什么事了？”

罗莉娜像一只猎犬发现了猎物。

“什么事？什么事？”李小俊一肚子火都冲罗莉娜发了，“你少管闲事好不好！”

李小俊怒气冲冲地走了。

罗莉娜回了回神，突然一拍手：“我知道是怎么回事了！我早就发现戴安和李小俊不正常……”

“罗莉娜！”肥猫大喝一声，打断了罗莉娜下面的话，“你又在编故事。”

“这不是编故事，这是事实！”

豆芽儿跳出来了：“有凭有据才是事实，你拿得出来吗？”

米老鼠来得更横：“罗莉娜，我们要告你诽谤罪！”

“告！告！”

兔巴哥摩拳擦掌。

这几个坏小子不愧是戴安的铁哥们儿，关键时刻还挺讲义气的。罗莉娜一眼就看穿他们在虚张声势，如果她怕了他们，她就不是罗莉娜了。

“那你们说，李小俊妈妈为什么要找戴安？”

豆芽儿随口就编：“她想在戴安她妈妈那里做旗袍，找戴安去说说情，好少收一点钱。”

“对，没错！”

肥猫十分肯定地一挥手。

米老鼠和兔巴哥在一旁添油加醋，来龙去脉，说得有鼻子有眼，好像真有这么回事。罗莉娜到底一张嘴说不过几张嘴，拉着艾薇走了。

艾薇一直没说话，她的脸色十分难看。罗莉娜和坏小子们打了那么久的口水仗，她一句都没听进耳朵。她在想戴安和李小俊的种种，想她曾经对戴安说过的心中的秘密……

会撒娇的小女人

戴安能觉察出，艾薇在回避她。下课时，如果她在教室里面，艾薇一定在教室外面；放学时，如果戴安在前面，艾薇一定磨磨蹭蹭落在后面；如果是戴安在后面，艾薇一定快步如飞……

戴安的心情坏透了，因为艾薇，因为李小俊的妈妈。

那天，李小俊妈妈对她说的，翻

来覆去，无非就是这么几个意思：不要给李小俊打电话，不要约李小俊出去，不要跟李小俊在一起，离李小俊远点……

李小俊妈妈绝对想象不出戴安的心里有多么的难过，以她小小的年纪，表现出来的那种从容和镇定，令李小俊妈妈难以置信。

“阿姨，你把事情想复杂了。我在班上的男生缘特别好，我给很多男生打电话，也经常约他们出去，下课放学也爱跟他们在一起，为什么李小俊就不行？难道李小俊不是男生吗？”

戴安还真把李小俊妈妈给问住了。她抱着一线希望：“这么说，你并不喜欢我们李小俊？”

“我喜欢我们班上的每一个同学，当然也喜欢李小俊。难道你希望我讨厌他吗？”

戴安的话，滴水不漏，无懈可击，李小俊妈妈无可奈何。

李小俊妈妈一离去，戴安全身绷紧的神经一下子松弛下来，整个人就像垮了一样。她委屈，她伤心，她无奈，她迫不及待地想找个人倾诉……

冥冥之中，好似有一只无形的手牵引，牵引着她来到那条小街的书吧。

一色的羊皮灯罩，深褐色的实木书架、圆椅和小圆

桌，还有在空气中飘荡的咖啡的浓香，让戴安受伤的心，感到了一点安慰，一点温暖。

安先生在看书。

戴安轻轻地来到他的身边。他抬头看戴安，戴安在他身边蹲下来，把脸深深地埋进他的怀里。

安先生轻轻地拍着戴安，像拍着怀中的婴儿，他感觉到戴安的肩膀在微微颤抖，他还感觉到他胸前的衣服已经湿透了。

看戴安这样伤心，安先生的心很痛。

真想就一直这样，一直把脸深深地埋在这个温暖的怀里。现在，戴安不用硬撑着强悍的外表，当她找到了安全感的时候，她也是一个会撒娇的小女人。

在如泣如诉的萨克斯独奏里，戴安终于平息下来。安先生默默地递给她一张纸巾，现在她满脸是泪。

戴安擤着鼻涕："对不起……我现在好了。"

安先生故作轻松："想哭就哭，这才像女孩子嘛。"

李小俊害怕了

关于戴安和李小俊的流言，仍然在班上流传。仗义的坏小子们左阻右挡，竭尽全力，还是封不住人家的嘴。

肥猫公然在班上说："怎么没有人说我和夏雪儿呢？"

夏雪儿一点面子都不给他："肥猫，你别抓屎糊脸！少把我跟你往一块儿扯！"

“好好好，就算我单相思，行了吧？”

看兔巴哥在一旁傻傻地笑，肥猫又拿兔巴哥说事儿：“兔巴哥，怎么没人说你和艾薇？”

兔巴哥认真地：“我也奇怪，怎么就没有呢？”

豆芽儿说：“找主播罗莉娜，让她给你们制造一个谣言。”

说找就找。肥猫大呼小叫：“罗主播！罗主播！”

罗莉娜对他们没什么好脸色。

“叫什么叫？”

“兔巴哥，求你件事儿，求你制造一个关于他和艾薇的谣言……”

流言太可怕了。

在班上，只要涉及到戴安，就像条件反射似的，大家的目光会齐刷刷地射向李小俊；一涉及到李小俊，大家的目光，又会齐刷刷地射向戴安。只要戴安和李小俊在一起，就会有人在空气中交流眼色，脸上的表情也是意味深长。

李小俊害怕了。

对李小俊的怯懦，戴安非常生气。

那天下课，李小俊到戴安座位上来收作业本，戴安知道这时候在她和李小俊的身上，一定聚焦了许多猎奇的目光，便故意夸张地、旁若无人地：“李小俊，放学我

们一块儿走。”

所有的人都听见了。戴安就是要让所有的人都听见。李小俊逃也似的离开了。

放学的铃声响了，罗莉娜和几个女生故意磨磨蹭蹭地收拾着书包，她们要走在戴安和李小俊的后面，以为有什么好戏看。

看李小俊起身出了教室，戴安随后跟上，罗莉娜朝其他几个女生努努嘴，也紧跟其后。

“李小俊，你走那么快干什么？”

李小俊头也不回。

出了校门，走进白果林，戴安跑到李小俊前面，拦住他的去路：“李小俊，我有话对你讲！”

李小俊向后一看，有几个人影一起消失在一张长椅背后。

“那是罗莉娜她们。”戴安突然想搞一个恶作剧，她和李小俊面对那把长椅，“我们就在这里说。”

“你要说什么？”

“李小俊，你还是不是男人？”

如果说在以前，李小俊的性别角色出了点问题，那么现在，做一个顶天立地的男人，就成了他最大的梦想。戴安这句话，把他激怒了。

“戴安，你什么意思？”

“你是男生，我是女生，我都没有躲你，你躲我干什么？”

“我想我们都这样了，那些人，也不会再说闲话了。”

“你错了，你越这样，那些人越说，他们会认为我们心虚了，所以才不敢像以前那样。”

戴安一边跟李小俊说着话，眼睛却瞟着那把长椅。那把长椅的椅背不高，藏在那后面的人，身子一定要蹲得很低才行。那滋味一定不好受。

罗莉娜她们确实很难受。藏在椅子背后，什么都看不见，什么都听不见，腿都蹲麻了，她们希望戴安和李小俊快点离开这里，她们好从藏身的地方解放出来。

戴安却想好好地折磨折磨这几个老想打探别人隐私的女生，所以她对李小俊说话的语气，完全是语重心长。她让李小俊好好想一想：她和他，到底做错了什么？

李小俊想了半天，说：“我们并没有做错什么呀！”

“做错的是她们。”戴安说，“比如你妈妈，是她的观念有问题，她以为男生女生在一起，就一定是早恋。比如那些传播谣言的人，是她们的心理不正常，是性格有问题，需要改错的是她们，不是我们。所以，你和我都不能屈服。”

戴安的这番话，说得李小俊心服口服。

“那你说，我们该怎么办？”

“我们以前什么样，现在还什么样。这个周末，我还约你去‘祖母的厨房’，你敢去吗？”

去过一次“祖母的厨房”，那里确实是一个练习英语会话的好地方。李小俊一口答应了戴安。

藏在长椅背后的那几个人，已经不能再坚持下去，终于不顾一切地站了起来。

“哎，罗莉娜，你们在那里干什么？”戴安装作刚看见她们的样子，“你们在跟谁捉迷藏呀？”

那几个女生痛苦万状，还能说什么呢？都是自找的。

第十六章

梅林香雪

戴安家的院子里，栽着一棵腊梅树。

开始飘雪的时候，腊梅枝头，绽开了第一个花苞。

隆冬时节，花瓶里该插腊梅了。那棵梅树正对着戴小荷房间的窗户，戴安知道，一天当中有许多的时刻，她妈妈都会在窗前看那棵梅树，她不忍去剪梅树上的梅枝来插瓶。

吃过午饭，戴安对戴小荷说她去书店买书，其实她是想去给她妈妈买几枝腊梅花。

雪花儿还在飘。

只是城里的雪花，又小又薄，落到地面就化了，地上湿漉漉的，完全没有那种踩在松软的雪地上的感觉。

路过那条后街，戴安就想到那家书吧去看看，看看安先生在不在那里。

安先生不在那里。

自从那次戴安在他跟前哭过以后，戴安就没再去见他，已经有一些日子了。今天戴安想见他，是想告诉他，她现在很好。为什么要告诉他这些，只是她的一种感觉，她觉得他会挂念她，会为她担心。

本来只是顺便来看看，安先生不在，戴安有些失望，转身往外走，却在门口遇见了安先生。

“戴安，你来找我吗？”

“哦，下雪了。”

戴安见安先生穿了一件橘红色的羽绒服，还戴着一顶线帽，那样子像刚从滑雪场下来。

“戴安，你想去看雪吗？”

“我想去给我妈妈买腊梅花。”

安先生无比兴奋地：“那我们去梅林吧，开车半小时就到了。”

车一开出城，雪就大了。雪花儿漫天飞舞，一片一片，都是鹅毛大雪，在车窗两旁纷纷扬扬。

“我们下来打雪仗吧！”

安先生扭头看一眼戴安：“你和我？”

“你是不是在轻视我？”

“哪敢！”

安先生把车停在一个开阔地带。地上积着厚厚的一

层雪。

戴安一下车便弯腰从地上捧了一把雪。当安先生刚关好车门，戴安冷不防把手中的雪团向他掷去。

安先生追着戴安，一个接一个的雪球在戴安身上开了花。

这场雪仗打得十分精彩。

戴安比安先生想象的更具战斗力。安先生的力气大，戴安的命中率高，双方势均力敌，难分胜负。

一直打到全身没有一点力气，都打趴下了。安先生躺在雪地的那头，戴安躺在雪地的这头。

大朵大朵的雪花儿，轻轻地落在戴安的身上，仿佛盖上了一层又轻又薄的棉絮。

戴安说：“我们就一直这么躺着，会不会变成一个雪人？”

戴安伸出舌头。一片雪花儿飘在舌头上，很快地化掉了。

“雪是甜的。”

看得出来，戴安真的很喜欢雪。

“戴安，你为什么这样喜欢雪？”

“雪能把这个世界变成纯洁的水晶世界。”戴安深深地吸了一口气，“啊，这里的雪还是香的！”

安先生也深深地吸一口气：“这附近一定有梅林。”

有一种疼痛

果然，循着幽远的香气，他们很快找到一片梅林。梅林里有白梅、红梅、腊梅。黄色的腊梅比白梅、红梅都开得早，从梅林里飘散出去的香气，也都是腊梅香。

安先生找来梅林的主人，告诉他只剪腊梅。

安先生也握了一把修枝用的剪子，挑那些成形好的、花骨朵多的梅枝剪。他一边剪，一边对戴安说：“腊梅要开很久才会凋谢。你把谢下来的花用一个布袋收起来，给你妈妈泡水喝。”

戴安双目圆瞪："Uncle，你到底什么人哪？"

"怎么啦？"

"你怎么知道我妈妈喜欢用腊梅花泡水喝？"

戴小荷专门做了一个精致的布袋，用来收集从梅枝上落下来的腊梅花。每天泡几朵在水里，淡黄的、花瓣有点透明的腊梅花又在滚烫的水里绽放开来，随着升腾的水汽，散发出沁人肺腑的清香。

真是言多必失。

安先生自知失言，忙掩饰道："不是你告诉我的吗？"

"没有。"戴安坚决否认，"我肯定没有告诉过你。"

剪了一大捆腊梅，是安先生扛上车的，放在后排座上，香气袭人。

在回城的路上，安先生怕戴安再纠缠为什么知道她妈妈喜欢腊梅花泡水喝。忙换了一个话题，问戴安最近怎么样。

这本来就是戴安想告诉安先生的。上次她在安先生跟前哭过以后，心里头便没有那么难受了。她没有告诉安先生，她为什么哭，安先生也没问她。但她肯定，安先生懂她。

“这些日子，我经历了许多事情，但我都挺过来了，一切都将成为过去。”

安先生扭头看她一眼：“戴安，你长大了！”

“我曾经读过一篇中学生写的文章，题目叫《青春的疼痛》，我现在特别有同感。”

“Uncle，你有过‘青春的疼痛’吗？”

安先生笑了：“凡是年轻过，都会有这种‘疼痛’，我们就是在这种‘疼痛’中一天天成长起来。”

“你还记得和我一块儿跟你学滑冰的男孩吗？”

“他怎么啦？”

戴安把前些日子发生的事情，全给安先生讲了。

“Uncle，你怎么看我和李小俊？”

“在你们这样的年纪，一个女孩子会被一个男孩子吸引，或者一个男孩子会被一个女孩子吸引，这是很正常的事情，也是许多成年人经历过的事情。人的一生中会体验各种各样的情感，许多人到了一定的年纪，最怀念

的、最珍惜的还是你们这个年纪的情感，这段故事很美好、很单纯，因为没有杂质，没有一点功利心……”

“可是，李小俊的妈妈跑到学校来找我，就是那天，你看见了我哭。”

安先生把车停在路边，十分担心的样子：“后来呢？”

“后来，我被流言包围了，我最好的朋友艾薇也跟我彻底决裂了，李小俊也怕了，离我远远的……我想我又没有错，我为什么要怕？为什么要向李小俊妈妈的偏见屈服？为什么要向那些造谣中伤别人、心态不正的人屈服？我找李小俊把话挑明了，我和他又像原来那样，任别人说来说去，后来自己都觉得没意思了。现在，一切都过去了。”

看得出来，戴安靠自己的力量，已经渡过她的人生道路上必须要过的难关。

“戴安，我为你骄傲！”

“真的？”

戴安以为安先生在跟她开玩笑。

安先生把戴安的手握在他又大又暖的手掌里，在心里说：“真的，我的女儿，我为你骄傲！”

细节的格调和品位

开车回到城里，还不到下午五点，街上的霓虹灯已闪烁起来。

雪还在下。

城里的雪花比起城外的雪花，显得又小又薄，在霓虹灯的照射下，变得晶莹剔透，五彩绚丽，在寒风中跳着轻盈的舞蹈。

今天剪的腊梅太多了，一大捆。

安先生把腊梅从车上搬下来，问

戴安："这么重，你怎么弄回去？"

安先生是想把戴安送回家的，但他时刻记着他对戴小荷的承诺，万一让戴小荷看见怎么办？

"我能扛回去。"

戴安在安先生帮助下，把那一大捆腊梅枝扛在肩上，一口气扛回了家。

"妈妈，快找几个大花瓶出来！"

戴小荷披着大披巾从楼上下来了。她只看了一眼那一大捆腊梅枝，心里便什么都明白了。她明白戴安又和他见面了，只是她心中的恐惧感不像前些日子那么强烈了，似乎在慢慢地习惯，慢慢地接受这一切。

戴小荷不动声色，问了戴安几句寻常的话，拿出一把修枝用的大剪子，戴上手套，教戴安修剪梅枝，又教戴安插花瓶。

"插花是女孩子必须要学的一门手艺。什么样的花插什么样的花瓶，都是有讲究的。"

"我知道。"戴安说，"野花最好要插在土陶罐里，像这种梅花，要插在瓷瓶里。"

这是戴安从小就受到的熏陶。

"知道为什么要这样插吗？"戴小荷说，"野花插在土陶罐里，才有野趣；梅花插在瓷瓶里，才有雅趣。"

花与花瓶，还有这么多的学问。

“不要小看这些细节，生活的品位，生活的情调都在里面了。”

戴安曾经听小姨戴小竹戏称戴小荷为“精品女人”，那时不懂，现在有点懂了。

一大捆腊梅分插在几个大瓷瓶里，放在壁炉上，窗

台下，楼梯拐弯处，整个房子里装满了梅香。

修剪梅枝的时候，落了一些腊梅花在地板上，戴安一朵一朵地拾起来，放进一个心形的水晶果盘里，嫩黄的、半透明的腊梅花簇拥成一颗美丽的“心”。

“很好看。戴安，你很有悟性，你完全可以成为一个纯粹的女孩子。”

戴安听出了她妈妈话外还有话，那话外的意思，就是她还不完全是一个纯粹的女孩子。

吃过晚饭，戴小荷便回到房间里，关上房门，给戴小竹打电话。开学以后，戴小竹便回到大学里，一直要到放寒假才回来。

戴小荷给戴小竹打电话时，把声音压得低低的。

戴小荷：“戴安和他今天又见面了。去郊外的梅林，给我剪了许多腊梅回来。”

戴小竹：“你还是很怕吗？”

戴小荷：“倒不像以前那么怕了。他基本上还是遵守诺言的，没给我带来什么麻烦。”

戴小竹：“但是我有点怕了。”

戴小荷：“你怕什么？”

戴小竹：“我怕戴安知道他是他生父的日子不远了。”

戴小荷：“我也想过了，这一天迟早会到来。”

戴小竹："我怕戴安会受不了。她那脾气，你知道的。"

戴小荷："可看戴安的情形，她好像很喜欢他。"

戴小竹："那是因为戴安一直就没有得到过父爱。现在，他突然出现了，暗合了戴安想象中的父亲形象，对她又那么好，戴安当然会喜欢他。这种喜欢，是跟恋父情结纠缠在一起的。令人担扰的是，戴安一旦知道这个男人是她的亲生父亲，在她还没有生下来的时候就抛弃了她和她的母亲，去了国外，你想想，戴安还能接受他吗？还能原谅他吗？"

心理学到底是戴小竹的专业。她对戴安的心理分析，合情合理。

戴小荷："那怎么办？"

戴小竹："你要在她自己知道之前，先告诉她。"

戴小荷："我告诉她？我怎么开得了口？"

戴小竹："你必须亲口告诉她，谁也代替不了你。"

"好吧。"

戴小荷放下电话，然后一直躺在床上想，想怎么向戴安开口讲。

第十七章

地球人的节日

离圣诞节还有十几天，这个城市便装红着绿起来，红的是圣诞老人的大红袍，绿的是塔形的圣诞树，节日的气氛便红红绿绿地张扬开来。几乎每个商家的门口，都站着一个笑容可掬、背着大口袋的圣诞老人，好像在提醒你，这个洋节，你非过不可。

七三班不会放过任何狂欢的机会。

早就有人在暗中行动，已经商量好了，想在圣诞之夜，在班上搞一个晚会。

李小俊是班长，他已经向班主任米兰老师请示过了。米兰也是一个不会放过任何狂欢机会的人，她说她没问题，还要学校同意才行。

“戴助理，这回看你的啦！”

每周一下午第二节课后，白小松校长都会召开校长助理的全体会议，这样，校长们就能直接了解全校学生的各种情况，及时地解决问题。

周一下午的全体会议上，戴安提出七三班想在圣诞节的晚上，搞一个晚会，当场引起哗然，其他班的助理们都交头接耳。

“我的意见是最好不搞。”一个女副校长说，“圣诞节是人家外国人的节日，我们中国人有我们中国人的节日，为什么一定要在圣诞节搞晚会呢？”

还有一个副校长也赞同女副校长的观点：“要搞就搞元旦晚会吧，正好迎新年。”

在这样的场合，戴安有责任有义务把七三班同学们的观点表述出来。

“我想我们班想搞圣诞晚会，是因为圣诞节的形式感很美，有圣诞树，有圣诞老人，还可以互相送圣诞礼物，所以在所有的节日中，圣诞节是最美的、最温馨的

节日。”

有一个别的班的校长助理硬要和戴安抬杠：“难道我们中国人的春节就不美好、不温馨吗？”

“那是你说的，不是我说的。”戴安反应很快，“我们为什么一定要去分什么中国人的节日外国人的节日呢？只要是地球上的节日，地球人都可以过。”

戴安的话，把大家都逗笑了。坐在主席位上的白小松校长，一直都在听大家说，特别专注地听戴安说，听到这里，他也笑了。

“我看这个圣诞晚会，你们可以搞。”白校长一锤定音，“你们准备怎么搞呢？”

“这……我还不清楚。”戴安说，“如果您想知道的话，过两天我把策划方案给您送来。”

“不用了！”白校长摆摆手，“晚会嘛，只要大家玩得开心、玩得高兴就行。”

策划狂欢夜

得到白校长的尚方宝剑，七三班真的要在圣诞之夜狂欢一把了。

这种时候，肥猫他们几个坏小子，就成了举足轻重的人物了。

肥猫说：“我当圣诞老人。”

“凭什么你当？”米老鼠自以为有表演天赋，“圣诞老人非我莫属。”

“圣诞老人都挺着一个大肚子，你有肚子吗？”

肥猫一巴掌拍在米老鼠瘪瘪的肚皮上，米老鼠惨叫一声。

肥猫还说："圣诞老人都得背一个大口袋，你的力气那么小，你背得动吗？"

有同学问："那个大口袋里装的是什么？"

"都是圣诞礼物呀！这你都不懂。"

肥猫上了这个同学的当。

"肥猫要当圣诞老人，还要给我们大家背来圣诞礼物，我坚决同意肥猫当圣诞老人！你们同意吗？"

“同意！”

米老鼠叫得最响。

肥猫自知被套了进去，也只好认了。

夏雪儿说：“可以把这个晚会办成假面舞会。”

“假面舞会？”兔巴哥又是一副迷迷瞪瞪的样子，“什么叫假面舞会？”

“你连这个都不懂？”豆芽儿好为人师，“假面舞会就是戴着假面具跳舞，是不是，夏雪儿？”

夏雪儿说：“不仅仅是戴假面具，还可以穿各种各样的服装把自己伪装起来。”

米老鼠激动起来：“啊，我要……”

“现在不能说！”夏雪儿喝住米老鼠，“你现在说了，到时候别人一眼就把你认出来了。”“那当然，谁都能被认出来，这个假面舞会就没意思了。”

大家的好奇心都被挑逗起来，把自己伪装成另外一个人，让天天见面的同学都认不出来，这太刺激了。

男生女生们对这个“假面舞会”充满了憧憬。

大家都知道，过圣诞节是要互送礼物的。

“我们可以这样互送礼物。”戴安突发奇想，“我们每人准备一份礼物，用漂亮的包装纸包装好，挂在圣诞树上。这样，每个人都可以从圣诞树上摘下一个礼物，但是不知道这个礼物是什么，也不知道是谁送的……”

“有创意，很有创意。”

肥猫摇头晃脑，大加赞美。

“但是肥猫，你只能扮圣诞老人。而且，还得给我们全班每一个同学都准备一件礼物。”

肥猫不敢公然反抗戴安。不过，他已经想好给全班每个同学送什么礼物了。

一想到这礼物，肥猫笑得一身肥肉乱抖。他拍拍戴安的肩膀：“放心吧，戴安。到了那一天，我一定背个大口袋来，一人一份礼物。”

一次都没穿过的婚纱

这几天，七三班的每个人都变得神秘兮兮的，似乎每个人的心中，都藏着一个秘密。

每个人都在绞尽脑汁，想圣诞夜的假面舞会上，穿什么样的服装、梳什么样的发型、化什么样的装、戴什么样的假面具，把自己伪装起来。一门心思的，就是要让别人认不出来。

还有一件事情让大家绞尽脑汁，就是准备挂在圣诞树上的礼物。每个人都想自己送出去的礼物，叫人大吃一惊，最好是人家有生以来就没见

过的礼物。

戴安最先是想把自己扮成黑衣侠客：黑眼罩、黑礼帽、黑斗篷、黑靴子、黑胡子，她甚至已经把这些道具借来了。在假面舞会的前一天晚上，她把这身行头穿戴好了，先去试试她妈妈戴小荷，看妈妈能不能把自己的女儿认出来。

像往日一样，晚饭过后，戴小荷会去散会儿步，然后回到卧室里，躺在摇摇椅上听音乐。

戴安头戴黑礼帽，眼睛上罩着眼罩，唇上贴着一字形的黑胡子，身披黑斗篷，脚蹬黑靴子，从头黑到脚，活脱脱一个黑衣侠客。

戴安轻手轻脚地上了楼。

那只老猫又蹲在戴小荷卧室的门口，一副如痴如醉的样子，戴安就知道，她妈妈又在放蔡琴的歌了。

老猫看见黑衣人了，但它没有认出这个黑衣人是戴安，它以为是黑衣大盗来了，惊恐地叫了一声。

老猫很勇敢也很忠诚，它没有逃跑，只是拼命地叫，向屋里的戴小荷报警。

戴安突然意识到，这会吓着戴小荷。

戴安正不知所措，戴小荷已开门出来了。

“啊——”

戴小荷发出一声刺耳的惊叫，要不是戴安扶住她，

她已经倒下去了。

“妈妈，是我！你别怕！”

戴安脱下帽子，扯下眼罩和胡子。

好半天，戴小荷才缓过气来：“你想吓死我呀！”

戴安高兴极了：“明天的假面舞会，我就穿这一身了！我的亲妈妈都把我认不出来，别的人休想把我认出来。”

“其实未必。”戴小荷却有自己的见解，“你想在你们班上，扮黑衣侠客能扮出这样的效果，除了你，还会有谁？”

戴安想想，妈妈说的也是。

“因为人家对你已经有了‘假小子’的印象，所以按常规思维，很容易被人猜到你会伪装成一个男性角色。”

“那你说，我应该扮成什么？”

“你应该扮成一个女性味十足的淑女形象，让大家根本想不到这是戴安。你等着——”

戴小荷转身从大衣橱里拖出一个小皮箱来。皮箱已经很旧了，锁着一把铜锁。

戴小荷从梳妆台的小抽屉里找出一把钥匙，开了锁，揭开箱盖——里面装着一件雪白的婚纱。

戴小荷用手轻轻地抚摸着。这件婚纱，她一次都没穿过。

伪装秀

圣诞节那天，七三班的假面舞会定在晚上六点钟开始。

除了肥猫，所有的人都去找隐秘的地方乔装打扮去了。肥猫已经穿上了大红袍，戴上大红帽，帽尖上的小白球在他那张胖脸上晃荡来晃荡去。肥猫的脸很难受，脸上被刷上一层胶水，粘满了棉花，冒充圣诞老人的白胡子。

没有人评价肥猫像不像圣诞老人，大

家关心的是肥猫背上的那个大口袋，里面究竟装的是什么样的圣诞礼物？而肥猫要保密的也就是这个大口袋，他一直把它捂得紧紧的。

教室里也有了浓浓的圣诞气息。彩灯闪烁，环绕四周。窗户上贴满了六角形的雪花，天花板上，挂满了金铃铛银铃铛。教室正中，立着一棵高大的圣诞树，全班同学的礼物都用漂亮的包装纸包成各种形状，吊在上面了。

走廊上响起了脚步声，肥猫赶紧到教室门口去验证自己的火眼金睛。他自信无论怎么伪装，没有谁可以骗过他的眼睛。

走廊上灯光昏暗，只见一个黑色的影子朝这边飘来。飘近了，才看清楚这是一个黑衣侠客：黑帽子、黑眼罩、黑胡子、黑斗篷、黑靴子。

戴安！肯定是戴安！

肥猫坚信自己不会看走眼，他朝黑衣侠客迎面走去，单腿跪地，双手一抱拳："戴大侠，小弟有礼了！"

黑衣侠客只是默默地把他从地上拉起来，默默地从他身边走过去。

"我知道你是戴安！"

肥猫对着那黑色的背影大吼一声。

这时，又有人过来了。

这个人穿一身红裙子，像一团火似的燃烧过来。彩色的羽毛假面具把她的脸遮去了一大半，只剩下一张嘴，还涂了个血盆大口。

这个人还穿了一双红色的高跟鞋，比肥猫高出一截来。肥猫眨巴着眼睛，一下子没有认出这是谁。肥猫诡计多端，他只要让她出声，就能知道她是谁。

“美女，你好美哦！”

这个“美女”稳不起，“扑哧”一声笑了。

“认不出你的真面目，我还听不出你的声音——袁小珠！”

来的人越来越多，大多戴猪八戒假面具、孙悟空假面具、哪吒假面具，穿各种古代装、民族装，你根本没法分辨出哪个是男生，哪个是女生。还有一些安着红鼻头、戴着高帽子的小丑，小丑们都穿着大得吓人的灯笼裤，你还是看不出哪个是男生，哪个是女生。

又来了一个把肥猫给镇了一下的人。只见他的头发是那种怒气冲冲的绿色钢丝头，好似一把熊熊燃烧的绿色火炬。他戴着一边黑、一边白的阴阳脸面具，一身皮衣皮裤。

肥猫还真认不出这是谁来。

“酷哥，你好酷哦！”

酷哥的嘴咧开了，肥猫看见了那两颗招牌大板牙。

“兔巴哥，我认不出你的真面目，还认不出你的大板牙？”肥猫在兔巴哥的耳边说，“记住，千万别露出你的牙齿！”

正说着，又一个黑色的影子飘到肥猫的眼前。只见这人一身黑衣，黑色的尖尖帽，一张死人脸假面具，手上还戴着十根尖尖的，像魔爪一样的假指甲。

肥猫的直觉告诉他，这是罗莉娜。他早就想到了，罗莉娜的伪装，不是女巫，就是妖怪。

“是女巫罗莉娜，还是妖怪罗莉娜？”

罗莉娜把声音压得低低的：“不是女巫，也不是妖怪，是黑色幽灵。”

罗莉娜问肥猫怎么认出她来的。

肥猫说：“还用认吗？你本来就像幽灵一样无处不在。”

谜一样的圣诞老人

戴安是最后一个到场的。

因为一双白色的高跟鞋，她妈妈戴小荷一定要她穿一双白色的高跟鞋，才配得上那件洁白无瑕、一次都没有穿过的婚纱。戴安比她妈妈高，脚也比她妈妈大，穿不上戴小荷的鞋，戴小荷跑了好几个商店，才买到这双大码的白色高跟鞋，刚送到学校来。

戴安的出场，艳惊四座。她扮的是

仙女，穿的就是她妈妈那件从来没有穿过的婚纱，戴着金色长发的假头套，头顶上压着一圈白色的花环。她戴着羽毛假面具，形状像一只飞翔的小鸟。为了掩盖她下巴上那道浅浅的痕，她用玫瑰红的唇膏把嘴唇涂成一朵含苞欲放的玫瑰，再在下巴上画了两片绿色的叶子。戴安的鼻尖正是小鸟的头，正对着那朵红玫瑰，脸部的整个画面就是，小鸟正要去衔那朵红玫瑰。

戴安本来就高，穿上高跟鞋后，更是亭亭玉立，站在那些扮做小丑的男生们中间，就像白雪公主和小矮人。

没有人认出这个仪态万方的仙女就是戴安，就连自称“火眼金睛”的肥猫也没认出来，他早就认定那个“黑衣侠客”是戴安。那么，这个身材高挑的“仙女”又会是谁呢？除了戴安，班上的女生们没有这么高的。于是，有很多同学猜测，这个“仙女”是米兰老师扮的。

假面舞会由圣诞老人肥猫来拉开序幕。他背着大口袋上场了，说因为他从天上来，所以给大家带来的礼物是一份“太空礼物”。肥猫躬着背，十分费力的样子，好像他背上的那个大口袋很重很重。

不知“太空礼物”是什么样的礼物，大家眼巴巴地盼望着。

肥猫开始分发“太空礼物”，结果是每人一小包爆米

花。

女生们尖声叫着，大呼上当受骗，骂肥猫“小气鬼”。肥猫却开心死了，笑得粘在脸上的白眉毛、白胡子都落了下来。

就在这时，又来了两个圣诞老人。有一个圣诞老人，大家一眼就认出来了，是白小松校长，他只戴了一顶圣诞老人的红帽子。另一个的装扮就比较隆重了：红帽子、红袍子、白眉毛、白胡子，身上脸上遮得严严密密，只留了一双眼睛。这个圣诞老人也背了一个大口袋。

白校长要讲话。热闹的狂欢舞曲戛然而止。

白校长轻描淡写地说：“有个圣诞老人听说我们七三班在开圣诞晚会，他给大家送圣诞礼物来了！”

大家听说又有礼物，一片欢呼，没人去想这个不请自到的圣诞老人到底是谁扮的。

谜一样的圣诞老人把大口袋里的礼物拿出来，分送给大家。

是一只漂亮的小袜子，里面装着几颗巧克力。

女生们又尖声地叫起来，比起巧克力，她们更喜欢那只漂亮的小袜子。她们都拿巧克力去换男生们的小袜子。

黑色幽灵罗莉娜飘到肥猫跟前，在他耳边说：“你的

‘太空礼物’跟人家的礼物一比，简直就不能比。”

肥猫说：“我又没有挣钱。等我将来挣了大钱……”

罗莉娜根本不想听肥猫的废话。她看到谜一样的圣诞老人在给“仙女”发礼物，他们目光对视，还说了话，好像彼此都认出了对方。

黑色幽灵闪到一个不被人注意的角落，观察起这两个人的一举一动来。

一份不能打开的礼物

“嗨，戴安！”

听声音，戴安听出了这谜一样的圣诞老人是安先生扮的。

“你怎么来了？”

“当圣诞老人是一件幸福的事情。我认识你们校长，就这样来了。”

戴安说：“我不能跟你多说话，还没人认出我呢。”

“那我们跳舞吧！”

“我不会跳。”

“你跟着我就行。”

谜一样的圣诞老人把戴安的一只手放在他的肩上，一手搂着戴安的腰，一手轻轻地握住戴安的手，谈不上什么跳舞，只是随着音乐的旋律踩着步子。

整个教室都在狂欢，他们并没有引起多少人的注意。

戴安：“你怎么认出我来的？”

安先生：“你的眼睛告诉我，你就是戴安。”

实际上，除了眼睛，安先生一进来，就注意到了这个仙女的妆容，完全是戴小荷的风格。

戴安：“你知道吗？直到现在，除了你，还没有一个人认出我来。”

安先生：“你今天又美丽、又高贵，跟平常的你判若两人，没有人认出你，一点都不奇怪。”

戴安被夸得不好意思了，幸好戴着面具，所以安先生看不见她的脸红了。

“你这身衣服很漂亮。”

“这是我妈妈的婚纱，她一次都没穿过。”

也许戴安并没有意识到，她妈妈的婚纱，一次都没穿过，这对于安先生意味着什么。她只感觉到安先生搂住她腰的手颤抖了一下，然后松开了，神情也沮丧起来。

“你不舒服吗？”

“我还有点事，我要走了。”

除了黑色幽灵罗莉娜，狂欢的教室里，没有人注意到谜一样的圣诞老人，已经谜一样地消失了。

狂欢之夜已接近尾声，马上就要摘取圣诞树上的圣诞礼物了，这是最后的高潮。

每位同学准备的圣诞礼物都挂在圣诞树上，用闪亮的包装纸包得严严实实，不知道里面是什么，有运气和缘分的因素，所以都觉得这是最刺激、也最好玩的游戏。这个游戏还有一个规则，取到礼物后，当场不能打开，只能回家再看。

大家排着队，依次从圣诞树上取下一份礼物。

排在第一位的袁小珠是闭着双眼，从树上取下一份礼物来。后面跟着的同学，都学她那样，紧闭双眼，从树上取下一份礼物。

临散场时，全班男生女生几乎都被认出了真面目，除了那个“白衣仙女”和“黑衣侠客”。

在大家的一片起哄声中，“白衣仙女”和“黑衣侠客”只好取下假面具来——原来，“白衣仙女”是戴安，“黑衣侠客”是米兰老师，跟大家的猜想刚好相反，他们猜的是“白衣仙女”是米兰老师，“黑衣侠客”是戴安。

戴安带着礼物回到家，刚一进门就撕开了包装纸，一张小卡片掉了出来，上面写道：

得到这份礼物的人是个十分幸运的人。这份礼物不能打开，等春天到了，自然会给你一个意外的惊喜。

这个礼物装在一个四四方方的盒子里，撕掉了一层包装纸，里面还有一层更漂亮的包装纸。

小卡片上的几句话，更激发了戴安的好奇心，她真想知道这是一份什么样的礼物。

戴安最终没有打开这份礼物。她把这份礼物放到她的书桌上，她会等，等春天到来。

第十八章

真相

圣诞的狂欢之夜过后，戴安兴奋了好几天，让她最为得意的是，那天的装扮，没有一个人认出她来。

“妈妈，你真的好有先见之明。”戴安不止一次这样对戴小荷说，“如果我扮成‘黑衣侠客’，肯定早就被他们认出来了。米兰老师也没有被认出来，是我把那身衣服借给她，让她扮成‘黑衣侠客’的。”

戴小荷对戴安的话，似乎一点不感兴趣。她老是问戴安，晚会上，还来了什么人？

戴安不想、也不能告诉她，还来了安先生。因为关

于安先生，是近来母女俩最为敏感的话题，她们之间所有的不愉快，都因他而起。

戴安轻描淡写地："哦，还来了两个圣诞老人。"

是吗，其中一个必定是他。戴小荷在白果林学校看见他了。

就是戴安他们班开晚会之前，戴小荷去给戴安送那双白色的高跟鞋，她从学校里出来，正好看见他从一辆轿车里出来，然后被白校长迎了进去。当时，戴小荷心里还纳闷：他曾经向她保证过，为了不给戴安带来任何影响和麻烦，他不会在学校公开露面的，现在怎么会……戴小荷心里七上八下的，她不知道后面会发生什么样的事。

戴小荷没让安先生看见她。她等他和白校长进了另外一幢楼，才快步出了学校。

那个晚上，戴小荷一直坐立不安，她在等戴安回来，看她什么反应。

戴安回来了，只是对她带回来的那份礼物十分着迷的样子。戴小荷问她这礼物是谁送的？当她知道这礼物是戴安从圣诞树上摘来的，戴小荷这才放下心来。她心存侥幸。她希望他扮的圣诞老人，戴安没有认出他来。

戴小竹那晚在电话里说的那件事，戴小荷迟早是要向戴安开口的。这是一件有口难开的事，她一直在寻求一个自然开口的机会。

“戴安，你知道那两个圣诞老人是谁扮的吗？”

“有一个是白校长扮的，另外一个就不知道了。”

戴安已有所察觉，戴小荷在套她的话。

“你想过没有，也许这个扮圣诞老人的人，是你认识的。”

“不会吧？我怎么会认识？”

戴安还呵呵地怪笑两声，想掩饰过去。

“戴安！”戴小荷终于鼓足了勇气，“如果他是你爸爸……”

戴安伸开五指在戴小荷眼前晃动：“妈妈，你的神经没出问题吧？”

“我很好，戴安。”戴小荷拉住戴安那只在她眼前晃动的手，“我知道你们经常见面，你真的没有想过他是你的父亲吗？”

戴安推开她妈妈的手，脸上是冰冷的表情，让戴小荷看了害怕。在这之前，她也曾无数次地想象，想象戴安知道真相后，会有什么反应。各种反应她都想象到了，惟独没有想到是这种反应，这种冷漠，这种镇定，与戴安的年龄太不相称。

“你是不是早就知道他是你……”

“我不知道。”戴安生硬地打断戴小荷的话，“我不想知道，我什么都不想知道。”

把自己灌醉

对于安先生，戴安为什么和他一见如故？为什么会对他产生依恋？为什么见了他就不能忘记……这么多年，他就一直在戴安的梦想里。对戴安来说，安先生是不真实的，他身上有太多太多的可疑，戴安不敢去想，她怕想穿想透了，这个梦便没有了。现在，当安先生真的从梦中走出来，千真万确就是她的亲生父亲，戴安无论如何不能接受这个现实，她不能原谅他。

戴安吹着口哨，把脚跷到茶几上。戴小荷已经很久没看见她这副吊儿郎当的样子了。她感到害怕。

“戴安，你别这样！”

如果戴安哭，戴安愤怒，戴安发疯，甚至戴安离家出走，可能都比戴安这样子，让戴小荷心里好受些。

“戴安，你不要恨你爸爸。他出国的时候，并不知道我已经怀上了你。”

“你恨他吗？”

戴安的声音比她脸上的表情更冷。

戴小荷不知道怎么回答戴安的这个问题。她和他的恩恩怨怨，哪里是一个“恨”或者“不恨”说得清的？

戴小荷只能这么跟戴安说：“我很感激他，我感激他送给我一个无价之宝，这个无价之宝就是你——戴安。”

戴安眼睛都不眨一下，只在心里冷笑。

“我还感激他让我做了世界上最幸福的母亲。”

“你幸福？”

做单身母亲太不容易了。戴安不相信戴小荷会有幸福的感觉。

“我真的很幸福，戴安！”戴小荷说的是真心话，“单身母亲需要付出更多的勇气和艰辛，而母爱是一种最无私的爱，付出越多，这种幸福感越强烈。

戴安想哭。但她不能让眼泪流下来，尤其是不能让戴小荷看见她的眼泪。在她很小很小的时候，戴小荷就没见过她的眼泪了。因为在她很小很小的时候，她就已经意识到她和妈妈的生活中，缺少一个男人，缺少一种呵护，她要保护她妈妈和她自己。所以她不能像别的女孩那样想哭就哭，更不能让妈妈看见她哭。

戴安不想再听戴小荷跟她谈起他，她想一个人安静地呆一会儿。她不让眼泪流出来，心里却堵得慌。

等戴小荷上了楼，戴安拿了一瓶红葡萄酒回到自己的房间。她要把自己灌醉，醉了就什么都不知道了。

戴安把酒倒进一个高脚杯里。她喜欢红葡萄酒的颜

色，还喜欢酒倒进杯里的声音。她还不会喝酒，却要一杯一杯地喝，看喝到第几杯时才醉。

第一杯喝下去时，戴安的眼泪便如泉涌。她一杯接一杯，越喝越猛，泪水顺着眼角往下流，酒顺着下巴往下流，流在衣服上，流进头发里，已分不清哪是酒，哪是泪。

“八杯……九杯……”

手中的酒杯在戴安的醉眼中晃动出一片红光，戴安躺倒在地板上，杯中的红酒在地板上流淌……

痞女做派

第二天，戴安没去学校上课。

她把肚子里所有的酒都吐光后，酒醒了，头却疼得要命。

戴小荷给戴安请了病假。当她知道戴安是喝醉了酒，是她自己把自己灌醉的，她不忍心责怪戴安，只有她知道，戴安的心里有多苦、有多痛。

戴安不吃不喝，昏睡一天。

第二天到学校，大家都觉得戴安又变成了原来的假小子了。穿一条裤脚大得吓人的哈韩口袋裤，一双高帮球鞋，把一头本来已经柔顺起来的头发，又弄得乱糟糟的。

她一进教室，就吹了一声长长的口哨，算是给大家打了招呼。

等大家回过神来，戴安已经坐在她的座位上，一脸冰霜，谁都不理。

“戴安，你生病了？”肥猫做巴结状，“我正想今天下午放学后去看你，都想好给你买什么东西了，你怎么就来了呢？”

戴安看都不看肥猫一眼。

米老鼠屁颠屁颠地去给戴安倒了杯开水来，叫戴安吃药。

“有病吃药好得快！”

米老鼠一副苦口婆心的样子。

“戴安，你吃的什么药？你是不是把药吃错了？”

豆芽儿真的认为戴安是吃错了药，才变得这么不可思议。

所有的人，戴安通通不理。

昨天，当李小俊知道戴安请了病假，他就不相信戴

安是生病。他昨天往戴安家打了电话，是她妈妈接的，说戴安在睡觉。今天看戴安的情形，他更不相信她昨天是生病，一定是出了什么事。

下午放学，李小俊在戴安家的附近截住了戴安。

戴安还是一脸冰霜。

“戴安，我知道你没病。告诉我，出了什么事？”

“没有。”戴安推开李小俊，“我要回家。”

“戴安！”李小俊追上去，“如果有什么事，你一定要告诉我。”

戴安闭上眼睛。当她再把眼睛睁开的时候，长长的睫毛尖上，已挂上了细小的泪珠儿。她拍拍李小俊，故意做出很痞的样子：“快回家去！”

“戴安，我不喜欢你这样子。”

戴安嘻皮笑脸问李小俊：“那你喜欢我什么样子？”

“我喜欢那天晚上，你扮做仙女的样子。”

“让你的仙女见鬼去吧！那是装的，骗人的，你知道不知道？”戴安恶狠狠地用手指着自己的鼻尖，“我告诉你李小俊，现在站在你面前的，才是真正的戴安。我凭什么要你喜欢？全世界的人都不喜欢我，我才高兴呢！”

“戴安，我不是那意思。”李小俊执著地跟着戴安，“我只是想帮你。”

戴安被李小俊眼睛里的那种无辜所感动，她心软了。

“你帮不了我。”

“但我还是想知道。”

“我说了你也不会懂的。”

“你说吧！”

“有一个女孩，从小就没见过她爸爸，但她每天都会想象她爸爸是什么样子的，会穿什么衣服，会干什么。她一天天长大了，她爸爸的形象也在她心中一天天清晰起来。突然有一天，一个男人出现在她身边，这个男人跟她想象中的爸爸一模一样，而他真的就是她的爸爸……”

“你说的是不是安先生？”

李小俊情不自禁地打断了戴安的话。

“你怎么知道的？”

李小俊说：“从我看见他的第一眼，我就有这样的感觉。”

第十九章

如果不是亲爸爸

戴安没有再去那家书吧找安先生，她和他已经好长时间没见面了。其实戴安在学校附近看见过他，她是远远地看见的，所以远远地便躲开了。

戴安不想看见他，也不想说起他。偏偏李小俊又在她面前说起了他。

“我昨天看见他了。”

戴安知道李小俊说的“他”是谁。

“戴安，你何必呢！你何必那么恨他？”

"我不恨他，我只是不想见他。"

戴安真的一点都不恨他。如果他不是她的亲爸爸，她会非常非常爱他。但她一旦知道他是她的亲爸爸，她对他的情感便变得复杂和微妙起来。

"李小俊，你没出卖我吧？"

事实上，李小俊已经"出卖"了戴安。他告诉安先生，戴安什么时候离开学校，戴安回家的必经之路。他还告诉安先生，最好不要在学校附近"守株待兔"，戴安对他已有所警惕。

因为李小俊准确无误的情报，安先生在戴安回家的必经之路上，又与她"邂逅"了。

"嗨，戴安！"

戴安冷冷地看着他："我不想见到你。"

"戴安，我知道我对不起你和你妈妈，我这次回来，就是想弥补……"

"你为什么要回来？"戴安根本不想再听安先生说下去，"我和我妈妈本来好好的，没有你，我们照样活得很幸福。你一回来，就把我们的生活搞得乱七八糟，我的快乐没有啦，我现在很痛苦，你知道吗？"

"对不起，戴安！"

安先生难过极了。戴安看见他的下巴在微微颤抖。这个曾经让她十分着迷的下巴。

戴安现在一副痞女相，跟圣诞节假面舞会上那个纯洁美丽的白衣仙女，简直判若两人，这让安先生心痛不已。

“戴安，我不求你原谅 ，我只求你快乐一点……”

“快乐？”戴安只图把话说得越狠毒，她心里越痛快。“我只要想起你就不快乐，看见你，我更不快乐。”

“对不起，戴安！”

“对不起，对不起，你只会说‘对不起’吗？”

“那你要我怎么样？”

戴安狠了狠心：“我要你在我的生活中消失，永远消失。”

安先生低下头：“你就那么讨厌我？”

安先生默默地从戴安的身边离开了。戴安没有回头，她不忍心看这个被她伤了心的男人。

摆不脱的影子

放寒假了，小姨戴小竹带着她的男朋友狄夫回家过春节。

戴小竹比暑假的时候更年轻更漂亮了，一点都看不出是三十几岁的女人，戴小荷跟她妹妹开玩笑，说她是不是吃了什么灵丹妙药，怎么越活越年轻？

戴小竹说狄夫就是她的灵丹妙药。

狄夫是个简简单单、干干净净的阳光型男孩，他比戴小竹整整小八岁。这次戴小竹一回来，就向戴小荷和戴安宣布：她终于要把自己嫁掉了。

戴安想起以前戴小竹经常挂在嘴边的话：这世上的姻缘，是上帝安排好的一男一女。

戴安问戴小竹：“狄夫就是上帝为你安排的那一个？”

“是的。”戴小竹一本正经的，“我已经问过上帝，上帝说，就是他了。”

戴小竹是心理学博士，戴安一直以为她未来的小姨父会是一个很有学问的学者，这种人一般都比较老相。戴小竹以前也谈过几个男朋友，几乎每次都是这种类型的。为什么都没有成功？是不是他们都不是上帝安排的那一个？

狄夫一门心思地要让戴安开心，他带戴安去溜冰，又不知从哪里搞来一辆红色的吉普车，载着戴小竹和戴安一路游山玩水。

戴安和狄夫玩得起来，但她总也开心不起来。安先生如一个摆不脱的影子，她走到哪儿，他就跟到哪儿。

戴安发现自己比过去爱哭了。别人是永远看不见她的眼泪，但她一个人的时候，却常常泪流满面。她想他，她比任何时候都想他。

戴安终于又走进了那条小街。她没有走进那家书吧，只在门外徘徊。她以为他就在里面，坐在实木圆椅上，一边品着咖啡，一边看书。

第二天，戴安又去了。她走进了书吧。隔着几排书架，她看见他平时坐的那把圆椅上，坐着一位披着羊毛

大披巾的女士，她也像他一样，一边优雅地喝着咖啡，一边翻着一本时尚杂志。

书店的老板以前是个诗人，长了一脸络腮胡子，每天都是豪情万丈的样子。他和安先生很聊得来，围棋的段位也不相上下。安先生喜欢到这家书吧来，是因为这书吧的装饰风格和布局的一些细节，都能看出书吧主人不俗的品位。后来见了这位曾经红极一时的诗人，两人果然相见恨晚。

因为戴安经常到书吧来找安先生，所以诗人老板认得戴安。至于戴安跟安先生到底是什么关系，对诗人老板来说，也是一个还没解开的谜。

诗人老板问戴安："你找安先生吗？"

戴安没吭声。

"他好长时间没来这里了。"

戴安问："你知道他去哪儿了吗？"

"我还想问你呢！他都没告诉你吗？"

诗人老板虽然不知道安先生和戴安是什么关系，但他已经从安先生对戴安的态度上，看出戴安对安先生来说，是一个他非常看重的人。

戴安木木地走出书吧。

"也许他出国了。也许他很快就会回来。"

这是善良的诗人老板在安慰戴安。

已成过往的回忆

戴安像丢了魂儿一样，到处找安先生。她甚至把自己好好地打扮了一番，一改前些日子的叛逆形象，头发不再像刺猬身上的刺那样张狂，而是柔顺地贴在耳根后面。脖子上系了一条小丝巾。丝巾真是神奇的东西，只要一围在脖子上，就会增添几分娇媚。

那天他最后一次见到她时，戴安一副痞女形象，那是她故意的，她知道他不喜欢那样的形象，她就是要刺痛他，让他难过。当时她心里有一种报复的快感，现在却觉得当时太幼稚。她希望再见到他时，让他感到她还是他原来喜欢的戴安。

戴安还是天天去那家书吧。每次在去的路上，她都抱着一线希望：他今天会不会在那里？

每次去，每次都让她失望。他以前常坐的那把实木圆椅，现在被不同的人坐着。

戴安还去了几次白果林。放假了，白果林学校的校门紧闭。白果林安静极了，只有戴安一个人在银杏树下走，能听见自己的心跳声和脚步声。戴安喜欢这样的孤独。从前有很多次，他和她在这里“邂逅”。现在想起来，根本不是什么“邂逅”，完全是他有预谋的“守株待兔”，只不过是他装作“邂逅”的样子罢了。

戴安居然能把他和她每一次在一起的情节记得清清楚楚，包括每一个细节。这些过往的回忆，现在对戴安来说，已十分珍贵。

戴安在一张被太阳晒得暖洋洋的长椅上坐下来，把头靠在椅背上。只要一闭上眼睛，脑海里就像过电影一样，一幕一幕，那个穿黑色长风衣的高大背影反复出现。

就这么一直闭着眼睛，戴安一直没发觉长椅的另一端，李小俊已经坐在那里好一会儿了。

李小俊也一直在找安先生。

放寒假后，李小俊就没见过戴安，但他每天下午都

会给她打电话，她很多时候都不在，李小俊就猜到，她出去找安先生了。她有一次在电话里对李小俊说：她恨死了自己，她为什么要说那么绝情的话？李小俊问了半天，才知道她说了让安先生从她生活中消失的话。

戴安后悔、自责，这都是她心情不好的原因，李小俊比任何时候都更想帮戴安。只有找到安先生，才可能减轻戴安内心的愧疚和不安。

李小俊也像戴安那样，在安先生可能出现的各种地方去找他。白果林是安先生经常出没的地方，所以他已经不止一次来这里寻找安先生，但遇见戴安，还是第一次。

什么话都不用说，他们彼此心里明白，到这里来是为什么。

戴安说：“他真的消失了，彻底地消失了。”

李小俊说：“也许他只是暂时离开，他有许多事情，需要去处理……”

戴安说：“都怪我不该说那样绝情的话。”

李小俊说：“你也不要一直这么责备自己。也许他根本就不介意你说的话。”

戴安可不这么想。

毛毛虫变蝴蝶

寒假快要结束，戴安要开学了，戴小竹也要带着她的狄夫回到大学去了。

这个假期，不知道是不是因为多了一个狄夫，戴小荷和戴安之间，有了一些微妙的变化。

从前，戴小竹每个假期回到家里，跟戴安都有问不完的问题，讲不完的话。她是研究心理学的，恨不得钻到戴安的心里去，了解她，分析她，进而开导她。戴小竹乐此不疲，她说她在活学活用。

过去的一学期，在戴小竹离开的日子里，戴安经历了那么多的事情，有了那么多的烦恼，她以为戴小竹这次寒假回来，会天天给她上心理课。还有，戴小竹已经知道安先生回来了，戴小荷可能会告诉她，戴安不知道他是她的亲生父亲之前，跟他经常见面。知道之后，又……戴小竹知道这些复复杂杂、曲曲折折的经过后，戴小竹又会用什么样的理论要活学活用呢？

出乎预料的是，这次戴小竹回来，极少跟戴安讲什么，对安先生更是只字不提。为此，戴安对戴小竹充满了感激，她不愧是学心理学的，不像那些自以为是的大人们，总是在孩子心事重重、心思很乱的时候，来充当孩子的精神导师。

临走的前一天晚上，戴小竹来到戴安的房间。

“戴安，这次回来，你让我有一个很惊喜的发现：毛毛虫变蝴蝶了！”

戴安早已习惯了戴小竹说话的方式，她知道精彩就在后面。

“你知道吗，毛毛虫要变成蝴蝶的那一时刻，是最痛苦、也是最美丽、最悲壮的时刻。戴安，你现在就是那只毛毛虫，马上就要变成一只美丽的蝴蝶，在这样的时刻，你的心灵需要的不是教诲，而是一份宁静、一份和谐。这样，在孤独的境界里，你的灵魂才能进入沉思状态，进行精神上的反省和自我交流。这个过程，也许是很痛苦的，甚至残酷，但对于一个人的成长是不可缺失的。”

戴小竹这番深奥的话，戴安不是全懂，但有一点她是深有体会的：有许多想不通的事情，不是听别人讲道理讲通的，而是自己想通的。想通了以后，就能感到自己长大了一点点。

第二十章

白果林的春天

白果林的春天是悄悄来到的。

开学了，天气并没有变暖和。银杏树的树枝更加干枯，又落下一批边上已经翻卷的树叶来，这是最后的落叶。

夜里下了一场雨。

早晨走进白果林，如果抬头看那些湿漉漉的树枝，你会发现树枝上已经有了一点一点的新绿，你再感觉一下吹在脸上的风，已经是春风了。

又过几天，那枝上一点一点的绿，已绿成指甲大小的扇叶了。

再过几天，白果林已绿成一片。 阳光射进来，地上又有了斑驳的光影。

戴安从圣诞节晚会上带回来的那份不能打开的礼物，在她几乎把这份礼物忘记的时候，她听见从礼盒里传来窸窸窣窣的声音。再一看，一只小乌龟的头已经钻了出来。原来，这个能给戴安“带来意外惊喜”的礼物，是一只冬眠的小乌龟。

连冬眠的小乌龟都醒来了，春天真的来了！

开学以后，戴安的心情好多了。虽然时时也会想起安先生，但已渐渐变成一种平静的思念。

倒是肥猫他们几个，背着戴安，在紧锣密鼓地行动，他们也和李小俊一样，在继续寻找安先生。

是罗莉娜最先告诉他们这个秘密的。她说圣诞节假面舞会上，那个和戴安跳舞的圣诞老人，是戴安的爸爸。

肥猫他们几个几乎要和罗莉娜拼命："你造谣！"

"凭我的直觉，那个圣诞老人千真万确是戴安的爸爸。"

那天晚上，罗莉娜躲在一个不被人注意的地方，一直盯着戴安和扮做圣诞老人的安先生，观察他们的一举一动。说安先生是戴安的爸爸，罗莉娜没有任何的消息来源，凭安先生看戴安的眼神，她的直觉告诉她：这个扮做圣诞老人的男人，就是戴安的爸爸。

看罗莉娜斩钉截铁的样子，他们已经半信半疑了。平时，他们都在背地里骂罗莉娜是个长舌妇。有时也把她当女巫，觉得她有先知先觉的巫术。

也是凭直觉，这几个坏小子有一个共同的直觉，那个扮圣诞老人的男人，是请他们吃过西餐的安先生。

豆芽儿说："我觉得，这个安先生应该就是戴安的爸

爸。”

“为什么？”

“戴安为什么不叫戴薇，不叫戴雪儿，不叫戴莉娜，偏偏要叫戴安，就是因为安先生是她爸爸。”

于是，他们满世界找安先生，安先生已经人间蒸发。

不知他们怎么知道的，是戴安让安先生消失的，现在戴安追悔莫及，他们更要帮戴安找到安先生了。

肥猫顺藤摸瓜。

“要找到安先生也不难。你们忘了圣诞节晚上，是谁把他带来的？”

“白校长！”大家找到了线索，“对，白校长认识他，一定知道他在哪里。”

他们一激动，马上就要去找白校长。

这时，肥猫又多了一个心眼：“我们去问白校长，白校长肯定不会告诉我们。但是，有一个人……”

“米老师！”

豆芽儿反应最快。

如果白校长真的知道安先生的行踪，全世界的人他都可以不告诉，但是米兰老师，他是不能不告诉的。

我是不是坏女孩

他们一起去找到米兰老师，都要抢着说，米兰让他们一个一个地说。

听完他们拼拼凑凑的叙述，米兰有些惊愕地：“你们不会是在编故事吧？”

“不信你去问李小俊。但是不要去问戴安。”

他们还是怕戴安，这一切都是背着戴安干的。

米兰想起这两天，她刚好看了戴安在

寒假里写的一篇作文，写她妈妈的，她没有用一个通常的题目《我的妈妈》，而是用了一个很出奇的题目《一个美丽的女人》。米兰是一口气读完的，这篇作文令她感动不已。她正要找戴安谈谈这篇作文。

下午放学，米兰和戴安一起走出了学校。米兰说她请客，到什么地方去坐坐。

戴安的个子比米兰还高，她们走在一起，像一对朋友。

戴安问米兰为什么要请客。

“我还没有请过你呢！”米兰说，“我想和你聊聊你那篇作文，聊聊你的妈妈。”

“我带你去一个地方，你一定会喜欢。”

戴安说的是那家小街上的书吧。

戴安带着米兰到了那条偏僻的小街，走进那家书吧。

米兰马上喜欢上了这家小书吧 。

“哇，这真是个好地方。”米兰喜欢这里随意摆放的低矮的书架，喜欢这里从羊皮灯罩里透出的灯光，喜欢半卷起来的竹帘……“戴安，你怎么知道这儿的？”

“我也是别人带我来的。”戴安不想向米兰隐瞒这个“别人”是谁，“他是我爸爸。”

戴安指着安先生平时常坐的那把木圆椅，“喏，这把

椅子就是他经常坐的。”

戴安坐在那把圆椅上，米兰坐在她的对面。小圆桌上刚换了小方格花的桌布，桌上有一只巨大的高脚杯，高脚杯里装了大半杯紫色和蓝色的干花。

米兰问戴安：“你想喝点什么？”

戴安说这里做得最好的是意大利泡沫咖啡。

“好，我们就来两杯意大利泡沫咖啡。”

咖啡要现磨现做，服务生先送上两杯泡着鲜柠檬片的柠檬水。

戴安喝了一大口水，问米兰：“你想和我聊什么？”

“随便你。你妈妈，你爸爸，还有别的，都行。”

“我是我妈妈一个人养大的。我爸爸在我还没有出生之前就去了国外，这么多年，他在国外一直不知道他有一个女儿。最近他才知道，就从国外回来了。”

“他是怎么找到你的？”

“每次都好像是偶然遇见的。但是我第一次见到他，就觉得我们已经认识很久很久，他跟我想象中的爸爸一模一样。”

“他就是白校长带到我们班上来的圣诞老人吗？”

戴安惊讶地：“你怎么知道的？”

“我看出来的。”其实，是肥猫告诉她的。“那时，你知道她是你爸爸吗？”

“不知道。”戴安又喝了一大口水，“当我知道的时候，我一辈子都不想见他。那天晚上，我喝了整整一瓶红酒，醉得一塌糊涂……”

戴安在米兰的心目中，一直是个强悍的、呼风唤雨的、为所欲为的女孩子，没想到她的心中也藏着这么多的痛苦。米兰看戴安的目光，顿时充满了怜爱。

“你觉得我是坏女孩吗？”

“不，戴安，你是最好的好孩子。你在逆境中长大，你比其他女孩遭遇了更多的磨难和挫折，所以你比她们勇敢，比她们成熟，比她们善解人意。我现在明白了，你为什么写得出像《一个美丽的女人》这样的作文，只有你才真正地懂你的妈妈，懂得她的美丽是由内到外渗透出来的。所以说戴安，也许你是不幸的，但又是最幸运的，不是所有的人都有你这样的妈妈。”

两杯现磨现做的意大利泡沫咖啡端上来了。丰厚的泡沫刚好溢满在杯口上，再多一点点，就流出来了。

端起来抿一口，再抬头一看，米兰和戴安都笑起来，因为她俩的唇上，都糊上了一层厚厚的泡沫。

男生节和女生节

开学没多久又遇上一个节日——三八妇女节。七三班的男生女生天天都想过节，巴不得一年三百六十五天，天天都是节日。所以，哪怕是妇女节，他们也不会轻易放过。

女生们嚷着这是她们的节日，男生们不能过。

男生们都不服："凭什么你们女的都有节日，我们男的没有？"

"怎么没有？"罗莉娜说，"你们还有两个呢。八月八日爸爸节，十一月十一日光棍节。"

夏雪儿说："这两个节日也没你们的份儿，你们现在还小，既不是爸爸，也不是光棍儿。"

米老鼠针锋相对："三八妇女节也没你们的份儿，你们现在还小，还没长成妇女。"

"我们可以把三八妇女节改成三八女生节。"

换了别的女生说这话，男生们肯定群起而攻。但这话是戴安说的，他们也只好认了。好在他们也可拿八月八号的爸爸节和十一月十一日的光棍节，改成男生节。这样一来，比女生还划算，女生只过一个女生节，他们要过两个男生节。马上又有女生说，五月的第二个星期天的母亲节，也算女生节，女生也有两个女生节。二比二，又扯平了。

罗莉娜说："我妈妈单位过三八节那天女士们都像女王一样，男士们都成了她们的仆臣，围着她们团团转，心甘情愿地为她们做一切事情。"

"罗莉娜，你什么意思呀？"肥猫已经听出了罗莉娜的弦外之音，"你想过女生节那天，我们男生也心甘情愿地围着你们女生团团转吗？"

"有来有往嘛。"夏雪儿知道肥猫会斤斤计较，"到你们过男生节那天，我们女生也心甘情愿地围着你们男生团团转。"

袁小珠不明白"团团转"是什么意思。她说，头转晕

了怎么办？

罗莉娜白了袁小珠一眼：“这是比喻你都不懂？意思是在女生节这一天，男生应该为女生做很多事情。”

袁小珠还是不懂：“做什么事情？”

女生们一时都想不起来有什么事情需要男生做。

肥猫一副豁出去的样子：“你们说吧，过女生节那天，你们想吃什么？”

“只知道吃，这个女生节也太不浪漫了。”

“要玩浪漫还不容易？”米老鼠说，“你们就想我们男生给你们送花，是不是？一人一朵塑料花，我们送就是了。”

“俗！”

女生们异口同声。

“你们是不是想要我们每个男生都写首诗来赞美你们？”豆芽儿真的跳到一张桌子上，张牙舞爪地抒起情来，“啊，美丽的女生，漂亮的女生，如花似玉的女生，倾国倾城的女生，落雁沉鱼的女生……”

“不要不要！”女生们尖声叫道，“太俗！”

只有袁小珠觉得挺好的。如果有这样的赞美诗送给她，她一定会笑纳的。但她不懂“落雁沉鱼”是什么意思。

“就是美得厉害、美到极点，天上的大雁看见你，

都会从天上落下来；水中的鱼看见你，都会沉到水底去。”

“为什么呀？”

“和你一比，你那么美，它们觉得惭愧。”

袁小珠一脸沉醉的样子，以为豆芽儿说的是她。

豆芽儿趁机对那些起哄的女生说：“看见没有，你们不要，人家有人要。袁小珠，我把刚才那首诗献给你啦，让她们羡慕死。”

女生们都在翻白眼，她们才不会羡慕呢。

说了半天，男生们还是不知道怎么给女生过女生节。

夏雪儿有了一个创意：“在女生节那天，男生应该帮女生实现她们心中的愿望。”

肥猫马上叫起来：“我们怎么知道你们心中的愿望是什么？”

“就是，我们又不是你们肚子里的蛔虫。”

豆芽儿总是充当跟屁虫和应声虫的角色。

“这要看你们是不是心诚。”夏雪儿故意要刺激男生，“以你们的智慧，要知道女生心中的愿望，还不容易？”

谁都不愿意承认自己没有智慧。对夏雪儿的话，男生们乖乖地言听计从。

搜索隐形人行踪

表面上，肥猫他们几个坏小子咋咋呼呼，在这个女生面前晃一晃，在那个女生身边黏一黏，油嘴滑舌，漫不经心地套她们“心中的愿望”。现在的女生精灵古怪，心里想什么的都有，天上的星星想要，月亮也想要，他们能给吗？所以他们都把劲往一个地方使，还联合了袁小珠，联合了米兰老师，一直在搜索安先生的行踪。

米兰已从白校长那里知道了安先生现在正在国外，具体哪个国家不是很清楚。

米兰不知道白校长和安先生到底是什么关系，因为

涉及到人家安先生的个人隐私，她只说在三月八日那一天，七三班要过一个女生节，还想请那位扮圣诞老人的先生参加。

“女生节？你们七三班总是花样翻新。”白校长很喜欢七三班，他希望全校每个班都像七三班那样花样翻新。“不过，那位圣诞老人现在在国外，恐怕不能来参加你们的女生节。”

因为安先生和白校长之间有约定，不能公开他在学校的董事长身份，到底为什么，对白校长来说，到现在都还是个谜。当然，谜归谜，既然有约定，就要有诚信，他没有告诉过任何人安先生的真实身份，包括米兰。

“白校长，你就给他打个电话，问问他嘛。”

“肯定不行。”白校长真的觉得可能性不大，“这位先生在国外还有一个公司，忙得不得了，怎么可能为了你们班的一个女生节，把人家从那么远的地方请来？”

“那请你把他的联系方式告诉我，我跟他讲。”

“米兰，一个女生节，为什么非要请他来不可？”

“白校长，就算我求你啦！”

白校长和米兰是大学校友，米兰从来没求过白校长，这是第一次，白校长怎么能拒绝她呢？

白校长把安先生的手机号码告诉了米兰。

米兰把安先生的手机号码告诉了肥猫他们：“该我做

的，我都做了，剩下来的事情，就看你们的啦。”

拿到安先生的手机号码，肥猫他们几个如获至宝。离女生节还有两天时间，他们要尽快联系上安先生。

他们用肥猫家里的电话，拨通了安先生的手机。

肥猫激动得语无论次：“Uncle，我是那个……你还记得吗，你请我们吃西餐……他们都叫我肥猫……什么，你没印象……”

肥猫失望极了。

米老鼠从肥猫手中抢过话筒：“Uncle，你记不得肥猫，总该记得我吧？我是米老鼠……什么，你对猫和鼠都没印象……”

“我来我来！”豆芽儿从米老鼠手中抢过话筒，“Uncle，你一定记得我……你别挂……”

豆芽儿只好把电话交给李小俊。

“Uncle，我是李小俊，我和戴安曾经向你学过滑冰……太好啦，你还记得我！是这样的，我们想求你帮我们一个忙，三月八日，我们班要搞一个女生节，男生要帮女生实现她们心中的愿望，我们几个男生，一定要帮戴安实现她心中的愿望……你一定要回来，就算帮我们……”

肥猫又一把抢过话筒：“Uncle，帮帮忙吧！”

女生节最后的节目

别的女生都盼着女生节，她们要看看，是不是有男生知道她们心中的愿望，是不是有男生能够帮她们实现心中的愿望……只有戴安，她以为这个女生节对她来说，并没有多大意义，没有人知道她心中的愿望是什么，更没有人能帮她实现心中的愿望。再说，班上的男生都没怎么认真把她当女生，都当她是好哥们儿，所以，他们都去围绕着别的女生团团转，就没什么男生搭理她。

戴安不介意，她真的不介意。在女生节这一天，戴安像个局外人，一边想着自己的心事，一边看女生们变着花样折磨男生。男生们看在今天是女生节的分上，也心甘情愿地为她们当牛做马。

一直到这一天的节目都结束了，李小俊肥猫他们才来到戴安身边。

戴安调侃了一句："你们现在才想起我还是女生，是不是？"

"哪里哪里？"肥猫打着哈哈，"你才是这个女生节的中心思想。"

"就是就是。"豆芽儿附和道，"最后出场的，才是真正的压轴戏。"

戴安不明白他们乱七八糟地在说些什么。

"走吧，戴安！"

戴安问李小俊："到哪儿去？"

"你跟我们走就可以了。"

肥猫气喘吁吁地在前面开路。

"你们是不是还要给我单独地过一个女生节？"

没有人理会戴安，都迈开大步向前走。

拐进那条小街，戴安似乎感觉到了什么。

"你们到底要带我到哪里去？"

还是没人理会戴安。

到了那家书吧门前，他们停了下来。

“戴安，进去吧！”

留下戴安一个人在那里，他们悄悄地走了。

戴安走进书吧，一眼就看见那把实木圆椅上，坐着一个人，穿着黑色的长风衣。

杨红樱：牵一只小手，走进文学殿堂

《中国新闻出版报》记者　范占英

在我国原创儿童文学读物市场并不乐观的当今，作家杨红樱的童书如一枝傲雪寒梅，迎风怒放。据了解，于去年年初出版发行的《马小跳系列》，数月来一直位居畅销童书榜前茅，取得372万册的骄人业绩，先期出版的《杨红樱校园小说系列》的销量也已超过120万册，而《杨红樱童话系列》，从去年六月至今，已达60万册。统计数字表明，在杨红樱出版的50余种童书中，畅销品种多达5个系列，30余种。对于这种“杨红樱热潮”，业界有人评价：“2004年的童书市场，杨红樱是最大的赢家！”

现在，我们走近杨红樱——这位孩子们心目中的“仙女蜜儿”，来了解她与众不同的创作理念、表现方式和个人世界。

记者：杨老师，很多读者想知道，为什么您的作品会在现在的市场背景下出现，您认为有几个要素促成了“杨红樱热潮”？

杨红樱：其实我的作品比较慢热，我从很早开始写作，谈不上“一夜成名”。18岁，当小学老师的时候，我就开始为班上的孩子写故事，19岁时我发表了第一篇童话，直到今天，我的创作时间已经有二十几年了。这之间，除了多年的老师，我还做过出版社童书编辑，后来做了母亲。我的作品能得到孩子们的广泛认同，我想，与小学老师、童书编辑和母亲的三种经历都是有关的。

记者：“杨红樱是对儿童教育学心理学非常有研究的人”，这是北师大儿童文学专业王泉根教授对您的评价。我以为，这句话指出除了经历之外，您在创作方法上的优势。

杨红樱：是的，有了三种经历，加上有意做过研究，我对儿童教育学、心理学确实有所了解。

儿童不像成人，他们没有成熟的心智，正因为此，儿童文学创作是特殊的。我以为：首先，儿童的成长离不开引导，儿童文学离不开教化功能，所以我尽量展现给儿童人性中永恒的东西——真善美。而这不是直白的表达，要蕴藏在好的故事里。所以，我在好玩中加入有益，尽量把“情商、智商、玩商”三者有机地结合起来，这样的写作难度是相当大的，但这就是我理解的儿童文学。

我写作时还很注意用小孩子能够接受的表达方式——没有生硬的说教，轻松感性，幽默温馨。儿童在两分钟之内进入不了故事，就会放开图书。为儿童写作，需要一种针对儿童的表达方式，与小孩子说话时，大人要蹲下来，语气都变了，也是这个道理。

我还注意用儿童的视角写作。写儿童，要进入孩子世界，要参与进来，眼睛一定要是儿童的眼睛。另外，对孩子而言，年龄每相差一岁，心智的发展都不一样，成人不能想怎么表达就怎么表达，要迁就小孩子，要用一只手牵着他的小手，带他进入文学的殿堂。

记者：您的作品最想表达的观念是什么？

杨红樱：每个人都是在经历中长大的，我要表现成长所要经历的内容，要教会孩子生活的观念——快乐。我想，快乐是一种品质，是一种成功——并不是生活没有曲折，但是，你的心态要快乐，要展示给别人快乐。

个人："有一双善于观察的眼睛"

记者：通过接触，我觉得您非常亲切、真诚、有爱心，您对自己性格的评价如何，您觉得这与您的创作有什么关系？

杨红樱：我想我最大的性格特点是：简单。生活单纯，为人单纯。单纯的人做事专注，没有杂念，容易成功。我当老师的时候，只想当孩子们喜欢的老师，我做到了；当编辑的时候，因为是童书编辑，所以只想编出孩子们喜欢的图书，我也做到了；现在是童书作家，如果现在的孩子长大以后，他说他小时候读过杨红樱的书，我已经很满足了。

因为简单，所以思维跟孩子的思维比较接近，写出来的故事能够吸引孩子，能够引起他们心灵的共鸣。

记者：小读者会把您本人和您书中的人物联系起来吗？

杨红樱：会的。有很多小读者来信，问我是不是《漂亮老师和坏小子》中的漂亮老师？问我是不是《天真妈妈》中的天真妈妈？更多的认为我就是仙女蜜儿，因为蜜儿总是知道孩子们心里在想什么，总是有办法实现孩子们心中的愿望，蜜儿在他们的心目中，是集母亲、老师、朋友于一身的完美的女性形象。所以我每到一个地方，孩子们都会来看我，看我是不是一个真人。

记者：杨老师，小时候的您是什么样子的，小时候的您表现出创作的潜能了吗？

杨红樱：小时候，我是一个不爱说话、也不出众的女孩子，要说与众不同，就是有一双善于观察的眼睛。

相对现在孩子的童年，我觉得我的童年更自由、更快乐，那时的大人给孩子的空间特别大，你完全可以生活在你自己营造的世界里。记得上小学的时候，我家到学校的路比较远，可以有很多条路通到学校，我每天上学放学走的路都不一样。比如上学走的一条路要经过一片草丛，草丛里有很多蚂蚁，我会一直跟着一只蚂蚁，看它怎么把一块比它身体大好多倍的馒头背回洞里。回家时，我走另外一条路，要经过一家商店，玩具柜里有一面可爱的小鼓是我一直想要的，我的一个已经工作的哥哥答应给我买，我天天去看，怕这面小鼓被别人买走。离学校最近的一条路，没有多少人敢走，因为要经过医院的停尸房，我每次都拼命跑，跑过去之后，就非常有成就感，而且有了一个别人不知道的秘密。还有一条小巷，路过自由市场，儿童医院的一扇窗户正对着自由市场，里面有一位女医生戴着听诊器给小孩子看病，她的嘴巴鼻子被口罩遮住，只能看见她的眼睛，但是，我会想象她的样子，我觉得她是全世界最温柔、最漂亮的女性。

这些童年的体验，小孩子视角的观察，对我今天的写作也有很大的影响，让我仍能用孩子的眼光看世界。

记者：您的小说中描写的城市，令很多孩子向往，您生活的城市——成都，您以为是怎

样的城市，它与您写作有什么关系吗？

杨红樱：成都是一座充满时尚、充满温情的城市。成都人的生活质量很高，很安逸，特别适合潜心搞创作的人。我喜欢成都人的幽默，喜欢成都人的知足常乐，生活在这样的人群中，很容易保持一颗平常心。我常常在超市被人认出来，但他们会像老朋友一样跟我打招呼，跟我聊天，非常自然。

记者：您现在名气很大，怎么样保证仍有平静的写作心态来写出小孩子期待的作品呢？

杨红樱：我已经写了二十几年了，所谓的名气，对于我现在的写作心态，不会有任何影响。在很多年前我就可以做到“宠辱不惊”，如今更趋于平淡。我的小读者在我的心目中至高无上，写给他们的作品，一定是从我心里流出来的。

市场：“对孩子我难以割舍”

记者：杨老师，有媒体称“2004年的童书市场，杨红樱是最大的赢家”，您怎么看待这句话，您认为您作品的市场顶峰是哪一年？

杨红樱：在2004年，我的三个系列作品：《杨红樱校园小说系列》、《杨红樱童话系列》、《淘气包马小跳系列》的市场培养基本完成，成为品牌书，在全国的畅销

书榜上占据了一半以上的席位，这三个系列还会有新的作品推出，而除了《女生日记》的电影拍出来了，我其他作品的影视和动画都在运作中，所以在未来的几年，我的作品的市场表现应该不错。

记者：您经常提到要“敬畏市场”，请解释一下，这样说的原因。

杨红樱：我承认，我的书畅销，跟小读者对我的情感因素有关。但是，我知道，作家立足于市场的根本还是在于作品本身，一旦我有差的东西出来，读者也会不喜欢。市场是敏锐的，不会感情用事，作家必须老老实实地去做，才不会被市场抛弃。

现在我国原创的童话市场低迷，便是一个不“敬畏市场”的最好例子。有一段时间，大家都认为狗猫开口说话就是童话，很多人都来写，结果市场上的作品鱼龙混杂，读者难以分辨，从而对原创童话失望。

正因为敬畏市场，我现在考虑更多的是保住质量，每次向出版社交稿时，我都诚惶诚恐。在写作上，我现在有意放慢速度，可能出版社愿意我把“马小跳”迅速出到100辑，但是，我不能那样做，质量有把握我才出，我写书一定不会“凑本数”。直到现在，没有小孩子说“马小跳”哪一本不如哪一本。只会是男孩子喜欢哪些，女孩子喜欢哪些，高年龄段喜欢哪些，低年龄段喜欢哪些。

如果哪一天我觉得底气不足，写不出好作品了，我肯定不会再写。

记者：我知道您特别在乎市场，但你也有自己的人文关怀和理想，您会到偏远地区，关怀那里的孩子，与他们交流，向他们赠书，您会一直坚持做下去吗？

杨红樱：新疆、内蒙古、藏区我都去过，我是想让那里的孩子知道，在遥远的地方还有人在关心他们，我想让每一个孩子都有自己的梦想，想让他们也觉得自己有我这样的“知心人”。我想让他们通过我的书了解当下中国儿童的现状，为他们打开一扇通往外界的窗户。在我的有生之年，我会把这些公益的、慈善的事情一直做下去。

记者：那次参加的赠书活动，我感到，孩子们非常热爱杨老师，比如听说“杨红樱来了”都兴奋地奔走相告，千方百计赶去参加有杨红樱出席的仪式，据说，杨老师每天能收到来自全国各地小读者的数十封来信……

杨红樱：孩子们爱我、想见我都是正常的，对他们而言，认识书继而认识写书的人，这是非常正常的，这是抽象思维到形象思维的转变，如此才算形成完整的阅读。孩子们真诚地爱我与我爱孩子是相辅相成的，我认

真对待每个孩子，一次，在东北一家很小的书店搞了一个见面会，面前只有几个孩子，我也认真得像作几千人的大报告一样。我们在内蒙古大草原搞捐书活动时，一个小孩子没有拿书，而是拿来一块石头要我签名，我一样认真地在上面写上名字，因为我知道，这块石头是他珍爱的东西。另外，我要尊重他，如果一个人从小被人尊重的话，他一辈子都会自重。

我确实是真心地喜欢孩子，生活中的很多事情我都能拒绝，但是，对孩子我难以割舍。如果哪个城市要求我去搞活动，提起有许许多多孩子都在等着我，期盼我，我无论多累都不忍心不去。

阅读："让孩子读到一种言之有物的文风"

记者：很多小孩子都怕写作文，认为没什么可写，但是看了您的书后，小孩子们对写作有了信心，请介绍一下，在阅读杨红樱作品时，孩子应该有意在您书中学些什么？

杨红樱：一种自由的表达，充满真情实感。一位语文老师说我"对当代儿童最大的贡献，让孩子读到了一种自然朴素、行云流水、言之有物的文风"。确实，很多小孩子读了我的书，认为写东西容易了，就会自觉地、没功利性地想表达，有的甚至产生了写书的愿望。

不管有没有写成功，我想，他们都是有成就感的——由不喜欢写，到愿意表达，到把想表达的内容准确地表达出来，这就是成就。

记者：具体而言，您怎么样把一个人的外貌、神态描写生动呢？

杨红樱：我用动词比较讲究。描写时我不会面面俱到，不像成人文学一样强调细腻描写，小孩子不容易抓住要点，我就在行文中用画龙点睛的几笔，只写几个特点，并且始终抓住、强调和夸张它。这一点在《五三班的坏小子》里十分明显。

记者：据说，您鼓励小孩子们续写您的作品，是吗？

杨红樱：我注意保护孩子们的积极性，鼓励孩子们展开想象来续写我的作品。对于续写过程中的各地区搞的活动，能参加的我都尽量参加；对于寄给我的作品，凡是写得不错的，我都会推荐到刊物发表。在江苏镇江，有很多小孩子模仿我的写作风格，续写马小跳的故事，写得非常好，我将在有关刊物开设专栏，作为这些优秀作品的发表园地。

我的童话《神秘的女老师》有个开放性的结尾，目前，许多小读者在续写，仙女蜜儿会办一所什么样的学校呢？他们写出来的，便是他们梦想中的学校。

图书在版编目（CIP）数据

假小子戴安：新版/杨红樱著．－北京：作家出版社，2010.7（2016.1 重印）

ISBN 978－7－5063－5330－4

Ⅰ．假…　Ⅱ．杨…　Ⅲ．儿童文学－长篇小说－中国－当代　Ⅳ．I287.45

中国版本图书馆 CIP 数据核字（2010）第 070135 号

假小子戴安（新版）

作　　者：杨红樱
责任编辑：王淑丽
封面设计：樱桃蛋蛋工作室
插　　图：仔　仔
美术编辑：张晓光
出版发行：作家出版社
社址：北京农展馆南里 10 号　　　　**邮码：**100125
电话传真：86－10－65930756（出版发行部）
86－10－65004079（总编室）
86－10－65015116（邮购部）
E－mail：zuojia@zuojia.net.cn
http://www.zuojia.net.cn
印刷：清华大学印刷厂
成品尺寸：145×198
字数：200 千
印张：12　　　　**插页：**2
印数：270001－300000
版次：2010 年 4 月第 1 版
印次：2016 年 1 月第 13 次印刷
ISBN　978－7－5063－5330－4
定价：21.00 元
